कर्म सूत्र ज्ञान

सरश्री

कर्म नियम और कर्म अर्पण

कामना मुक्त कर्म कैसे करें

Glory of action 00.com

योगदान करो, इनाम पर ध्यान मत करो

कर्म नियम और कर्मअर्पण

कामना मुक्त कर्म कैसे करें

GLORY OF ACTION 00.COM

by **Sirshree** Tejparkhi

© Tejgyan Global Foundation

All Rights Reserved 2020.
Tejgyan Global Foundation is a charitable organization
with its headquarters in Pune, India.

पहली आवृत्ति : फरवरी २०२०

प्रकाशक : वॉव पब्लिशिंग्स प्रा. लि.

ISBN no. 978-81-944675-5-7

© सर्वाधिकार सुरक्षित

वॉव पब्लिशिंग्ज् प्रा. लि. द्वारा प्रकाशित यह पुस्तक इस शर्त पर विक्रय की जा रही है कि प्रकाशक की लिखित पूर्वानुमति के बिना इसे व्यावसायिक अथवा अन्य किसी भी रूप में उपयोग नहीं किया जा सकता। इसे पुनः प्रकाशित कर बेचा या किराए पर नहीं दिया जा सकता तथा जिल्दबंद या खुले किसी भी अन्य रूप में पाठकों के मध्य इसका परिचालन नहीं किया जा सकता। ये सभी शर्तें पुस्तक के खरीददार पर भी लागू होंगी। इस संदर्भ में सभी प्रकाशनाधिकार सुरक्षित हैं। इस पुस्तक का आंशिक रूप में पुनः प्रकाशन या पुनः प्रकाशनार्थ अपने रिकॉर्ड में सुरक्षित रखने, इसे पुनः प्रस्तुत करने की प्रति अपनाने, इसका अनूदित रूप तैयार करने अथवा इलेक्ट्रॉनिक, मैकेनिकल, फोटोकॉपी और रिकॉर्डिंग आदि किसी भी पद्धति से इसका उपयोग करने हेतु समस्त प्रकाशनाधिकार रखनेवाले अधिकारी तथा पुस्तक के प्रकाशक की पूर्वानुमति लेना अनिवार्य है।

KARMA NIYAM AUR KARM-ARPAN
KAAMNA MUKT KARM KAISE KARE

विषय सूची

प्रस्तावना	आपके कर्म, कर्म हैं या भ्रम	7
1	**आपके कर्मों के पीछे से कौन झाँक रहा है?** कर्म तय करेंगे आपका भाग्य	9
2	**कर्म सूत्र और सफल फल** सूत्रों का सूत्र	13
3	**सच्चाई का सूत्र** समभाव में रहने का तरीका	17
4	**कर्म फल का सूत्र** कर्म के कानून की सही समझ	21
5	**प्रेरित कर्म का सूत्र** हृदयस्थान से जुड़ें	27
6	**श्रेय मुक्ति सूत्र** योगदान पर हो ध्यान	31
खण्ड १	**कर्म नियम सूत्र**	35
7	**हर कर्म के साथ जुड़े 'कर्म नियम'** आपकी कर्म बैंक के खाते में क्या जाए	37
8	**प्रज्ञा⁹ + प्रेम²** कर्म, ज्ञान और भक्ति का संगम	43

| 9 | पवित्र इरादा³
बिना माँगे मिलता है | 47 |

खण्ड २ कामना से मुक्त कर्म — 51

10	अपनी कामनाओं को पहचानें आपके चार चेहरे	53
11	आंतरिक सफलता बंधनमुक्त कर्म कैसे हों	57
12	सकाम और निष्काम कर्म ज़ीरो ज़ीरो डॉट कॉम	63
13	पाँच कामनाओं से मुक्त कर्म दोष से बाहर आ जाएँ	69
14	बिना कामना के कर्म कैसे करें कामना को शून्य करने का तरीका	73

खण्ड ३ महाकर्म और आत्मसाक्षात्कार रूपी महाफल — 79

15	महाकर्म की महागाथा महाफल की ओर यात्रा कैसे करें	81
16	महाफल के लिए कर्मर्पण कर्मर्पण के तीन तरीके	87
17	कर्म को अभिनय बनाएँ अपने मूल स्वभाव को उभरने का मौका दें	91
	तेजज्ञान फाउण्डेशन की जानकारी	98-112

पुस्तक का लाभ कैसे लें

१. इस पुस्तक की शुरुआत कर्म के विभिन्न सूत्रों के साथ की गई है। हर सूत्र एक-दूसरे से अलग लेकिन एक-दूसरे के पूरक भी हैं। साथ ही हर सूत्र अपने आपमें पूर्ण भी है। हर अध्याय के साथ आगे बढ़ते हुए, आपको कर्म का एक-एक पहलू स्पष्ट होता जाएगा। सभी सूत्रों को पढ़कर, जो सूत्र आपको अपने लिए सबसे उपयुक्त लगे, उसे मार्क कर लें ताकि आप कई बार उसे पढ़कर, अपने जीवन में आत्मसात कर पाएँ।

२. पुस्तक के पहले छह अध्यायों में, कर्मों के प्रति बने आपके अनसुलझे सवालों के जवाब मिलेंगे।

३. पुस्तक का पहला खण्ड कर्म नियम सूत्र को आपके सामने प्रस्तुत करेगा। जो इस पुस्तक का मुख्य भाग है।

४. दूसरा खण्ड आपको कर्म में उभरनेवाली कामनाओं से मुक्ति का द्वार दिखाएगा। जिसे पढ़कर आपके कर्मों की गुणवत्ता बढ़ेगी।

५. तीसरे खण्ड में आप महाकर्म और महाफल के बारे में जाननेवाले हैं। इसे पूरी पुस्तक पढ़ने के बाद ही पढ़ें ताकि आप विषय की गहराई को आसानी से समझ पाएँ।

आपके कर्म कर्म हैं या भ्रम?

प्रस्तावना

एक इंसान टापू से, डाकूओं के बंधनों से चुपचाप, नाव लेकर भाग निकला। रातभर वह चप्पू चलाता रहा। मगर सुबह जब उसे होश आया तब उसने देखा कि उसकी नाव तो वहीं की वहीं है। क्योंकि जिस रस्सी से नाव बँधी थी, वह रस्सी तो उसने खोली ही नहीं थी। वह बंधन में ही बँधा रहा, मुक्त हुआ ही नहीं। रातभर चप्पू चलाने का कर्म किया था, जो कि अंत में उसका भ्रम साबित हुआ। डाकूओं (अज्ञानयुक्त कर्मों) ने उसे फिर से पकड़ लिया।

इंसान भी इस भ्रम में जी रहा है कि वह सच्चे कर्म कर रहा है। जबकि सच्चाई तो यह है कि इंसान मुक्त होने का कर्म, कर ही नहीं रहा है। जिसे इंसान कर्म समझता है, वे असल में भ्रम होते हैं।

लोग कहते हैं कि 'किसी सत्संग में वगैरह जाने की ज़रूरत ही नहीं है। सिर्फ अपने कर्म करते रहो, इतना भी किया तो काफी है।' बात सही है मगर पहले पक्का तो करें कि जिसे आप कर्म समझ रहे हैं, वाकई वे कर्म हैं भी क्या? क्योंकि

इंसान जीवनभर कर्म करता रहता है और सोचता है कि 'मैं तो अपने कर्म कर रहा हूँ। मुझे सत्संग में जाने की आवश्यकता ही नहीं है।' परंतु जिसे वह कर्म समझता रहा, वे कर्म थे ही नहीं क्योंकि उसने स्वयं को जानने का कर्म तो किया ही नहीं। वह खुद को शरीर मानकर ही जीता रहा इसलिए रस्सी तो खुली ही नहीं, वह मुक्त हुआ ही नहीं, कैद में ही जीता रहा। इस तरह अज्ञान में रहकर जो कर्म होते हैं, वे असल में कर्म नहीं, भ्रम हैं।

इस पुस्तक का उद्देश्य आपको इस भ्रम से मुक्त कराना है। इस भ्रम जाल से मुक्त होने के लिए कर्म नियम सूत्र की सच्चाई जानना आवश्यक है। जब आप कर्म नियम सूत्र को जानेंगे तब कह पाएँगे कि 'अब मैं इस भ्रम में फँसनेवाला/फँसनेवाली नहीं हूँ।' जब आप इस भ्रम से मुक्त होंगे तब आपके काम कर्मर्पण बनेंगे। वे आपके लिए अभिव्यक्ति का द्वार खोलेंगे।

इस पुस्तक में कामना मुक्ति से लेकर, कर्म मार्ग पर प्राप्त होनेवाले महाफल यानी 'आत्मसाक्षात्कार' तक का ज्ञान दिया गया है। इसमें दिए गए कर्म नियम सूत्रों को आत्मसात कर, आप भी अपने कर्मों की गुणवत्ता को बढ़ाएँ और अपने लिए सफल फल यानी महाफल, महाआनंद और मुक्ति का द्वार खोलें। फिर आपसे जो भी कर्म होंगे वे इसलिए होंगे क्योंकि आप आनंद से भर गए हैं। तब आनंद का यह फल, आपको कर्मों के पहले ही मिल चुका होगा।

...सरश्री

नोट : यह पुस्तक तब ज़्यादा लाभ देगी जब आप कर्म की मूल परिभाषा की कुछ जानकारी रखते हैं। इसलिए पुस्तक में हर अध्याय के पहले कुछ जानकारी दी गई है। यदि आप कर्म और कर्मबंधन की मूल परिभाषा विस्तार से जानना चाहते हैं तो 'कर्मात्मा और कर्म का सिद्धांत' पुस्तक पढ़ें।

अध्याय १

आपके कर्मों के पीछे से कौन झाँक रहा है?

कर्म तय करेंगे आपका भाग्य

एक दिन दिनेश और कल्पेश ने मिलकर ''मनोरंजन'' नामक मूवी जाने का प्लान बनाया और सोचा कि राजेश और राकेश को भी शामिल किया जाए।

राजेश – हम ज़रूर आते पर हमने पहले ही प्लान बना लिया है। हम एक ध्यान सेमिनार में जा रहे हैं। सॉरी।

राकेश – पर राजेश! मैंने इस मूवी के बारे में सुना है। बहुत ही अच्छे नृत्य इसमें दिखाए गए हैं। क्यों न हम प्लान बदल दें।

राजेश – नहीं यार! 'ध्यान जीवन दान है' यह प्रोग्राम, हमारे शहर में साल में एक ही बार होता है। मैं इसे छोड़कर नहीं चलूँगा। तुम्हें जाना है तो जाओ।

राकेश – ओह हाँ! तुम्हारी बात भी सही है। मैं भी इस प्रोग्राम पर चलूँगा। सॉरी दोस्तों, तुम दोनों (दिनेश, कल्पेश) मूवी देख लो।

कल्पेश – मुझे भी राजेश की बात सही लग रही है। यह प्रोग्राम विकास के लिए ज़रूरी लग रहा है। दिनेश क्यों न हम मूवी का प्लान छोड़कर इस प्रोग्राम में जाएँ।

अब दिनेश का मुँह गुस्से से लाल हो गया। उसका एक मित्र जो साथ चलनेवाला था, वह भी इनकार करने लगा।

दिनेश को गुस्से में देखकर कल्पेश ने कहा, ''अच्छा छोड़ो, हमारा प्लान पहले से बना है तो हम मूवी पर ही चलते हैं।''

राजेश और राकेश अपने ध्यान सेमिनार में पहुँचे और दिनेश व कल्पेश अपनी मूवी पर।

राजेश अपने निर्णय से खुश था और उसका पूरा ध्यान, ध्यान सीखने में था। जबकि राकेश अपने निर्णय पर सोच-विचार कर रहा था। ध्यान सेमिनार में बैठे होने के बावजूद उसे मूवी का देखा हुआ प्रोमो याद आ रहा था। उसका ध्यान बार-बार मनोरंजन मूवी पर जा रहा था। उसे अपने निर्णय पर पछतावा हो रहा था। उसने ध्यान का सही लाभ नहीं लिया।

दूसरी ओर सिनेमा हॉल में, दिनेश अपनी मूवी में मग्न था और कल्पेश ध्यान जीवन दान है प्रोग्राम में मिलनेवाले मंत्र के बारे में सोच रहा था। उसका पूरा ध्यान 'ध्यान' पर था। उसने मूवी ठीक से देखी ही नहीं। उसे ध्यान के लाभ याद आ रहे थे। वह बीच-बीच में अपने पुराने ज्ञान अनुसार साँस पर भी ध्यान कर रहा था।

इस कहानी में दर्शाए गए चार मित्र, चार अलग-अलग लोग नहीं हैं बल्कि हमारे अंदर के चार चेहरे हैं। यह एक घटना तो केवल उदाहरण के तौर पर ली गई है। जबकि आपका जीवन ऐसी घटनाओं से भरा हुआ है।

यह घटना दिखाती है कि हमारे कर्मों के पीछे से क्या झाँक रहा है। साथ ही यह घटना हमारे आगे आनेवाले भाग्य की ओर भी इशारा करती है। कैसे? आइए, समझते हैं।

जब आप राजेश के किरदार में होते हैं, जहाँ आपमें विकास करने का भाव प्रबल है- विचार भी प्रबल है और अपने लिए वैसे निर्णय भी लेते हैं तब आपका कर्म अखण्ड कर्म होता है। ऐसे कर्मों का फल भी उच्च दर्जे का होता है। यह कर्म केवल अखण्ड न होकर, आपके लक्ष्य के साथ मेल रखता है। इससे आपको जो फल मिलता है, वह न केवल उच्च दर्जे का होता है बल्कि आपका विकास भी करता है।

जब आप राकेश के किरदार में होते हैं- जहाँ आप अपना विकास तो चाहते हैं परंतु आपके निर्णय बाहरी आकर्षण से प्रभावित होते रहते हैं तो समझ जाएँ कि आपके कर्म खण्डित हैं। खण्डित कर्मों का फल निम्न होता है।

अब च्यूँकि राकेश ध्यान के सेमिनार में बैठकर मूवी के गानों और नृत्यों पर विचार कर रहा था तो यह दिखा रहा है कि उसका भविष्य कैसा होगा? उसका ध्यान ध्यान से हटकर मूवी पर गया यानी उसके भाग्य में विकास नहीं है। इसका अर्थ है कि आपका भाग्य आपके आज के विचार-भाव-वाणी और क्रिया इन चारों में निर्भर करता है।

जब आप दिनेश के किरदार में होते हैं- वहाँ भी आपका कर्म अखण्ड है परंतु वह विकास की ओर नहीं है। ऐसे कर्म का फल अस्थाई खुशी के रूप में आपको वहीं मिल जाता है। यदि आप आगे भी ऐसे ही कर्म निरंतरता से करते रहे तो आम इंसान की तरह आपके भाग्य में भी विकास नहीं होगा।

जब आप कल्पेश के किरदार में होते हैं - जहाँ मूवी में बैठकर भी आपको ध्यान और विकास के विचार आते हैं तो भविष्य में आपके विकास करने की संभावना बढ़ जाती है। भले ही बाहर से नज़र आ रहा है कि आप मूवी में बैठे हैं परंतु आपके भाव व विचारों के पीछे विकास झाँक रहा है। केवल यह मायने नहीं रखता है कि आपके बाहरी कर्म कैसे हैं, आपके भाव व विचारों के अनुसार आपके भाग्य में विकास है क्योंकि आपके कर्मों के पीछे से विकास झाँक रहा है।

भूतकाल में आपने जो भी भाव व विचार रखे, जो भी क्रियाएँ कीं, जो भी निर्णय लिए, उससे आपका आज निर्माण हुआ है। परंतु अब आप चारों किरदारों में से कौन से किरदार में रहने का कर्म करना चाहते हैं, यह तय करेगा कि आपका भाग्य कैसा होगा! निर्णय आपका है।

आपने यह पुस्तक किस भाव से लिया है? और इस वक्त आपका ध्यान कहाँ है? अपने इस, पुस्तक पढ़ने के कर्म को भी जाँचें, फिर ही आगे पढ़ने का निर्णय लें।

कर्मों का हिसाब–किताब

अध्यात्म में कर्म के लिए तीन शब्द प्रसिद्ध हैं – क्रयमाण कर्म, प्रारब्ध कर्म और संचित कर्म। आज की भाषा में इन्हें समझने के लिए चुस्त, सुस्त, तंदुरुस्त कर्म ये नाम दिए गए हैं। जो फल तैयार होकर आया है उसे तंदुरुस्त (प्रारब्ध) कर्म कहें। उदाहरण के तौर पर इंसान ने यदि एक दिन में १०० कर्म किए तो उसका हिसाब–किताब इस तरह समझें। इंसान के १०० कर्मों में से ८० कर्म तुरंत फल देकर खत्म हो जाते हैं। जैसे पानी पर लकीर खींचने से वह तुरंत मिट जाती है मगर सभी कर्म ऐसे नहीं होते। कुछ कर्म ऐसे होते हैं जैसे पत्थरों पर छेनी–हथौड़े से लकीर खींची गई हो। गुस्से में, ईर्ष्या में या किसी भी कारण जब हम उग्र प्रतिसाद देते हैं तब इस तरह की गहरी लकीरें बनती हैं। इन लकीरों से जो रेखाएँ बनती हैं, वे लंबे समय तक सुस्त (संचित) पड़ी रहती हैं और फिर एक दिन तंदुरुस्त (प्रारब्ध कर्म) बन जाती हैं। दूसरे दिन जो २० कर्म बचे थे, जो सुस्त थे, उनमें से १० कर्म तंदुरुस्त बन जाते हैं। जैसे आपने कुछ उलटा–सीधा खाया तो दूसरे दिन सुबह पेट में दर्द होता है। इसे ही प्रारब्ध कर्म यानी तंदुरुस्त कर्म कहा गया है। इसका अर्थ आज आपने कुछ किया तो कल उनमें से कुछ (१०) कर्मों का फल मिलता है। बचे हुए १० कर्मों को संचित कर्म यानी सुस्त कर्म कहा गया है। अब हर दिन दस कर्म जमा होंगे तो एक साल में ३६५० कर्म संचित हो जाएँगे। ये कर्म आपके खाते में जमा हो जाते हैं। इस संख्या को निश्चित पकड़कर न रखें क्योंकि हर इंसान द्वारा अलग–अलग मात्रा में कर्म हो रहे हैं। कल यदि आपने १०० कर्म किए थे और उनमें से ८० कर्मों का तुरंत फल आया, १० कर्मों का आज फल मिला, १० कर्मों का अभी फल मिलना बाकी है तो कर्मों का हिसाब–किताब कुछ इस प्रकार होगा।

१००	कुल कर्म
८०	चुस्त (क्रियमाण) कर्म –तुरंत खतम हुए
१०	तंदुरुस्त (प्रारब्ध) कर्म – दूसरे दिन खतम हुए
१०	सुस्त (संचित) कर्म – ये कर्म जमा रहेंगे
३६५०	साल में जमा हुए कर्म।

इंसान से कौन से संचित (सुस्त), क्रियमाण (चुस्त) और प्रारब्ध (तंदुरुस्त) कर्म हो रहे हैं, यह अगर वह देखे तो उसका भविष्य कैसा होगा, इसका अंदाजा लगाया जा सकता है। अगर आपसे 'अपने आपको जानते हुए' कर्म हो रहे हैं तो उनका महाफल आएगा। महाफल है आत्मसाक्षात्कार।

–'कर्मात्मा और कर्म का सिद्धांत' पुस्तक से...

अध्याय २

कर्म सूत्र और सफल फल

सूत्रों का सूत्र

आपके निर्णय के लिए आपको बधाई!

तो आइए, कर्म नियम सूत्रों को समझने की शुरुआत करते हैं। यह सूत्रों का सूत्र है, जो कहता है - **कर्म ही सफल फल है**। आप कहेंगे कि 'यह कैसे संभव है?' इसे एक उदाहरण से समझने का प्रयास करते हैं।

एक बच्चे को उसके पिताजी कहते हैं, 'तुम यदि खेलकर आओगे तो मैं तुम्हें चॉकलेट दूँगा।' बच्चा पिताजी की बात सुनकर हैरान होता है क्योंकि बाहर खेलने का मौका मिलना ही उसके लिए फल है इसलिए किसी और फल की उसे आवश्यकता नहीं है। ठीक इसी तरह **यदि आपका कर्म ही ऐसा हो जाए, जो अपने आपमें फल हो तो इसे सफल फल कहा जाएगा**। जब कोई कर्म आप पूरा डूबकर, अपने आपमें तल्लीन होकर करते हैं तब वह कर्म ही अपने आपमें फल है। उसके बाद उसका जो भी फल आता है, वह बोनस है। बोनस महत्वपूर्ण नहीं है। आप बोनस में नहीं अटकेंगे। आपका कर्म ही सफल फल कैसे है, इस सूत्र को समझें।

जिस कर्म में, आपका ध्यान कर्म से ज़्यादा फल पर होता है, उस कर्म की गुणवत्ता बहुत कम होती है। वह कर्म 'कर्म करने का आनंद' नहीं देता। जब कर्म ही आनंद देता है, आनंद से भरकर कोई कर्म आपसे होता है तब कर्म ही फल बनता है।

किसी को पानी भी पिलाना है तो पहले अपने आपसे कहें, 'यह कर्म मैं निष्काम होकर, बिना फल की कामना के करूँगा/करूँगी।' फिर गिलास को पानी से भरने से पहले आप खुद आनंद से भर जाएँ। खुद को यह याद दिलाएँ कि 'गिलास में पानी बाद में भरूँगा, पहले मैं आनंद से भरा हूँ कि नहीं?' जब आपको यह सच्चाई याद आएगी कि 'मैं कौन हूँ', पृथ्वी पर क्या लीला चल रही है तो आप आनंद से भर जाएँगे। फिर जो कर्म आपसे होंगे, वे भक्तिदायी, मुक्तिदायी कर्म होंगे, जो कि अपने आपमें फल है। फिर सामनेवाला वह पानी पीकर आपको धन्यवाद कहे या न कहे, आपको उससे फर्क नहीं पड़ेगा। वरना इंसान के अंदर कहीं न कहीं यह उम्मीद रहती है कि मदद करने पर सामनेवाला उसे धन्यवाद कहे और जब ऐसा नहीं होता है तो वह दु:खी होता है।

मान लें, आपने किसी बूढ़े इंसान को रास्ता पार करवाया। रास्ता पार होने तक वह आदमी आपका हाथ पकड़कर चला मगर जैसे ही रास्ता पार हुआ वह झटका देकर, अपना हाथ छुड़ाकर चला गया। आप उस वक्त कैसा महसूस करेंगे, मन में क्या विचार चलेंगे? आपको कितना गुस्सा आएगा। आप सोचेंगे कि 'कैसा आदमी है, धन्यवाद कहना तो दूर, उलटा हाथ झटककर चला गया। बूढ़ा कहीं का।' मगर ज़रा सोचें कि क्या धन्यवाद शब्द सुनने के लिए आपने उसकी मदद की या आप करुणा, दया और प्रेम से भरे थे इसलिए आपने उसकी मदद की? यदि आप सामनेवाले के व्यवहार पर दु:ख मना रहे हैं, उस पर गुस्सा हो रहे हैं तो इस कर्म की गुणवत्ता बहुत निम्न है।

अगर किसी को रास्ता पार करवाना है तो पहले खुद को रास्ता पार करवाना (सुलझाना) आवश्यक है। अर्थात आपको यह स्पष्ट होना चाहिए कि आप आनंद, करुणा, दया और प्रेम से भर गए हैं इसलिए यह कर्म कर रहे हैं। फिर आपके मदद करने पर कोई धन्यवाद दे या न दे, आपको फर्क नहीं पड़ेगा। समझ जगेगी तो आपसे गुलाम कर्म होना बंद हो जाएगा। वरना आपके कर्म भ्रम हैं, गुलाम कर्म हैं, क्रिया नहीं, मात्र किसी की क्रिया पर की गई प्रतिक्रिया है। जब आप कहते हैं कि 'उसने ऐसा कहा इसलिए मैंने भी ऐसा कहा... उसने ऐसा किया इसलिए मैंने भी जवाब में ऐसा किया...' तो यह गुलाम कर्म ही है। आपको भ्रम से, गुलाम कर्म से बाहर आना है। कर्म ही सफल फल है, इस सूत्र को सदा याद रखें।

'सूत्र' शब्द का अर्थ समझेंगे तो आपको उसका महत्त्व समझ में आएगा।

जब सौ उच्च विचारों को एकत्र किया जाता है तब एक सूत्र बनता है। कोई सूत्र भले ही छोटा वाक्य हो मगर उसके अंदर सौ सुविचारों का सार होता है। इसमें गहरा अर्थ समाया होता है। आपने यदि सूत्र का सही अर्थ समझा, इस सूत्र को अपना लिया तो आप फिर कभी भ्रम में नहीं अटकेंगे। लोगों के कर्म जैसे भी हों, वे आपको प्रभावित नहीं कर पाएँगे। वरना हमारे कर्म 'दूसरे लोग क्या कर रहे हैं', ज़्यादातर इस पर ही निर्भर होते हैं। पति, पत्नी, बच्चे, पड़ोसी, बॉस, कर्मचारी या जो भी लोग हमारे जीवन में होते हैं, इन्हीं के व्यवहार के ऊपर हमारे सारे कर्म निर्भर होते हैं।

कर्म को फल बनाना है तो पहले आपको आनंद से भरना होगा। इसके लिए जीवन को खेल बनाना सीखना होगा। खेल-खेल में आनंदित जीवन जीया जा सकता है। लोग खेल को भी बड़ी गंभीरता से लेते हैं। खेल में हार मिली तो दुःखी होते हैं। खेल-खेल में आनंदित जीवन जीना है तो इस सूत्र को याद रखें– **'खेलने के लिए जीतना है, जीतने के लिए नहीं खेलना है'**। क्योंकि जब जीतने के लिए खेलते हैं तो जीत यानी फल महत्वपूर्ण हो जाता है। जबकि खेलने के लिए जीतते हैं तो खेलना यानी कर्म महत्वपूर्ण बन जाता है, न कि जीत।

जब आप जीवन में किसी भी कर्म के फल से बँधे हुए नहीं हैं तब वह जीवन सफल है। ऐसे कर्मों का जो फल आएगा वह सफल फल होगा। वह ऐसा कर्म होगा, जो अंदर से आनंद पाकर होगा। फिर लोग धन्यवाद दें या गालियाँ, मान-सम्मान करें या निंदा करें, लाभ हो या हानी, आप उसमें नहीं फँसेंगे। हर कर्म करते हुए आप समभाव में ही रहेंगे। यह कर्म करने का एक अनोखा तरीका है। सफल फल देनेवाले कर्म आपको अनेक चेहरों से एक चेहरे की ओर ले आएँगे। सफल फल यानी जिसमें नया बंधन नहीं बँधता। आपने कर्म तो किया लेकिन नया बंधन नहीं बँधा। वरना आज तक जो कर्म आपसे हुए हैं, उन्होंने आपको बंधन में ही डाला है क्योंकि हर कर्म फल की कामना में हुआ है। उन कार्यों में आपका श्रेय न होते हुए भी आपने श्रेय लिया इसलिए आज तक बंधन बँधते आया। मगर एक चेहरा पाकर जो कर्म होंगे वे नए बंधन नहीं बनाएँगे। साथ ही अंदर के पुराने बंधन भी खुलने लगेंगे। जो पुरानी यादें बार-बार अंदर ही अंदर दोहराई जाती हैं, वे भी निकलना शुरू हो जाएँगी और धीरे-धीरे समाप्त हो जाएँगी। इस तरह धीरे-धीरे आप अंदर से खाली होते जाएँगे। जब सारी दुःखद यादें निकल जाएँगी तब भूतकाल भी खत्म हो जाएगा। जब ऐसी अवस्था आएगी कि पुराना बंधन भी खुल रहा है और नया भी नहीं बन रहा है, तब जीवन सफल फल से भरपूर होगा।

तीन तरह के फल

हम जो कर्म का फल सोचते हैं, वह फल नहीं है। मानो, आपने परीक्षा दी, उसका परिणाम आया, आप पास हो गए तो वह परिणाम फल नहीं है – यह रहस्य जानें। आपके द्वारा जो भी क्रियाएँ और घटनाएँ हो रही हैं, उनमें तीन तरह के फल हैं– पहला है दुःख, दूसरा है सुख और तीसरा है दुविधा। जैसे कोई विद्यार्थी पास होकर भी रो सकता है क्योंकि उसकी इच्छा थी कि वह फर्स्ट आए। इस घटना में उस विद्यार्थी को पास होकर भी जो दुःख हो रहा है, वह फल है।

दूसरी घटना में एक इंसान की जेब से दो हज़ार रुपए चोरी होने के बावजूद भी वह खुश हो रहा है। उसकी खुशी का राज़ पूछने पर पता चलता है कि वह जब घर से निकल रहा था तब उसकी जेब में पाँच हज़ार रुपए थे। फिर उसे अचानक खयाल आया कि आज इतने ज़्यादा रुपए लेकर नहीं जाते। किसी ने उसकी जेब काट ली तो। अब वह इसलिए खुश हो रहा है क्योंकि उसके तीन हज़ार रुपए चोरी होने से बच गए।

इन दोनों उदाहरणों से समझें कि घटना पर न जाएँ, घटना के परिणाम पर भी न जाएँ क्योंकि परिणाम है, उससे जाग्रत होनेवाला दुःख, सुख या दुविधा। ये मुख्य तीन फल हैं– इनके अंदर ही सब कुछ है। इन फलों को जब आप समर्पित करते हैं कि 'हे ईश्वर! यह सुख तुम्हारा है' या 'हे ईश्वर! यह दुःख तुम्हारा है' या 'हे ईश्वर! यह दुविधा तुम्हारी है' तो आप महाफल के हकदार बनते हैं।

– *'संपूर्ण भगवद् गीता' पुस्तक अध्याय ३ से...*

अध्याय 3

सच्चाई का सूत्र
समभाव में रहने का तरीका

कई बार दूसरों के कर्म हमारा नुकसान कर देते हैं क्योंकि हम गलत लोगों के प्रति ग्रहणशील रहते हैं। हम अपनी सच्चाई को भूलकर दूसरों की परछाई में उलझ जाते हैं और अपने कर्म खराब कर लेते हैं। इसे एक उदाहरण से समझें।

एक इंसान होटल में उदास बैठा हुआ था। उसके सामने टेबल पर कोल्ड्रिंक रखी हुई थी। तभी वहाँ पर उसका एक मित्र आ पहुँचा। आते ही सबसे पहले वह टेबल पर रखी हुई कोल्ड्रिंक पी गया और फिर अपने मित्र से उसका हालचाल पूछने लगा, 'बहुत दिनों बाद मिले हो, बताओ कैसे हो?'

इस पर उदास बैठे इंसान ने जवाब दिया 'पूछो मत, आज का दिन बहुत ही खराब गया है। सुबह-सुबह बीवी से झगड़ा हुआ इसलिए टेस्टी नाश्ता छोड़कर घर से निकलना पड़ा।

ऑफिस पहुँचा तो बॉस से झगड़ा हुआ इसलिए बॉस ने नौकरी से निकाल दिया।

वापस घर जा रहा था तो रास्ते में एक्सीडेंट हो गया।

किसी तरह लंगड़ाते हुए यहाँ होटल तक पहुँचा हूँ। सोचा कोल्ड्रिंक में ज़हर डालकर पी जाऊँ और सारा मामला ही खत्म कर दूँ और एक तू है कि आते ही बिना पूछे मेरी ज़हर मिलाई हुई कोल्ड्रिंक भी पी गया। मेरी तो किस्मत ही खराब है।'

लोगों के दिन खराब हैं तो उनकी तकलीफ आप क्यों भुगतते हैं? आप क्यों दूसरों की कोल्ड्रिंक पीकर खुद मुसीबत मोल लेते हैं? लोग दूसरों के कर्मों को देख-देखकर दुःखी होते रहते हैं और अपने कर्म खराब कर देते हैं। किसी की मुश्किलें देखकर परेशान होते रहते हैं और सोचते हैं, 'अरे, ऐसे जीवन का क्या फायदा... जीवन ऐसे ही चलते रहेगा... भगवान भी कितना निर्दयी है...।' ये लोग भगवान पर भी दोष लगाने से नहीं कतराते। दूसरों की देखा-देखी में फँसनेवाला मन ये सब सोचता है इसलिए सच्चाई जानना आवश्यक है। यह सच्चाई की परछाई है। हमें परछाई के पीछे नहीं भागना है बल्कि परछाई की सच्चाई जाननी है। इस सच्चाई का सूत्र है - **'दूसरों के कर्मों की सज़ा स्वयं को न दें।'**

दूसरों के कर्मों का असर आप पर तब तक नहीं होता जब तक आप उसे होने नहीं देते। असर हो रहा है क्योंकि कहीं न कहीं यह आपकी चाहत है। आप बेहोशी में ऐसे विचार कर बैठते हैं जो आपको नहीं करने चाहिए। जैसे कोई कहता है कि 'मुझे हमेशा बुरे लोग मिलते हैं' ये विचार कुदरत तक पहुँचते हैं और उसके जीवन में बुरे लोग आते हैं। कोई जानबूझकर ऐसे विचार नहीं करता परंतु इंसान अपने विचारों और कर्मों के प्रति सजग नहीं है इसलिए बेहोशी छाई रहती है। इंसान दूसरों के कर्मों को भुगतना नहीं चाहता परंतु बेहोशी में की गई प्रार्थना के कारण भुगतना पड़ता है। सजग इंसान इन बातों से बच जाता है। जब आप अपने कर्मों के प्रति सजग हो जाते हैं तो दूसरों के कर्मों का असर आप पर नहीं होता।

जब यह मन इस सूत्र में रहने लगेगा तब भले ही वह चंचल है लेकिन दूसरों की देखा-देखी में न उलझते हुए सत्य के साथ चलेगा। चाहे दूसरे लोग जो भी कर्म करते हुए दिखाई दें, वह उनमें नहीं उलझेगा।

जिस इंसान के साथ कुछ गलत होता है, जैसे बचपन में कोई घटना हो गई,

किसी ने पीटा, गालियाँ दी, किसी प्रकार से छल किया तो वह इंसान जीवनभर उन बातों को दिल में रखता है। जब भी उसे वे बातें याद आती हैं, वह या तो क्रोधित या फिर दुःखी हो जाता है। उसके अंदर यही विचार चलते रहते हैं, 'फलाँ ने मेरे साथ ऐसा बरताव किया... फलाँ ने मुझे बहुत परेशान किया... फलाँ ने मुझ पर हाथ उठाया... मैं ज़िंदगीभर उसे माफ नहीं करूँगा...' आदि।

इंसान को यह एहसास ही नहीं होता कि दूसरों के गलत कर्मों की सज़ा वह खुद को देकर भुगत रहा है, जिसकी कोई आवश्यकता ही नहीं है। दूसरों ने आपके साथ एक बार बुरा बरताव किया लेकिन आप बार-बार उसके बारे में सोचकर मन में उसे दोहरा रहे हैं। इस तरह आप बार-बार अपने आपको वही दुःख दे रहे हैं, खुद पर जुल्म ढा रहे हैं। परंतु अब आप सच्चाई जान चुके हैं तो यह गलत कर्म बंद होना चाहिए। पहले इंसान को यह दिखाई नहीं देता कि दूसरों के गलत कर्मों की सज़ा वह खुद को दे रहा है यानी वह खुद भी गलत कर्म कर रहा है। जिस दिन उसे यह दिखाई देगा, गलत कर्म (खुद को दुःखी) करना अपने आप बंद होगा।

आपके साथ भूतकाल में जो भी घटनाएँ हुई, दूसरों ने आप पर जुल्म ढाया तो उनकी वजह से आप क्यों उनकी ज़हरीली कोल्ड्रिंक पी रहे हैं? किसी और के बुरे कर्मों की तकलीफ आप क्यों भुगते? यह समझ जगेगी तो लोगों को जो करना है वे करें, आप उसमें नहीं फँसेंगे। 'दूसरों के कर्मों की सज़ा मुझे अपने आपको नहीं देनी है' इतना भी ठान लिया तो आप हर परिस्थिति में समभाव में रह पाएँगे।

जब किसी का फोन आता है, कोई बुरी खबर मिलती है तो आप तुरंत परेशान हो जाते हैं, दुःखी हो जाते हैं। यह जीवन सफल जीवन नहीं है। **सफल फल वह है जब आप हर प्रकार की परिस्थिति में समभाव में रहते हैं।** समभाव यानी हर प्रकार की परिस्थिति में आप बिना भावनात्मक उतार-चढ़ाव के स्थिर रह पाते हैं।

आप ईश्वर के अंश हैं, आपकी संभावनाएँ अनंत हैं जब यह आपको पक्का होगा तब आपकी पूरी संभावना खुलेगी, आप समभाव में रहने लगेंगे।

अच्छे लोगों को बुरे और बुरे लोगों को अच्छे फल क्यों मिलते हैं?

अकसर लोगों के मन में यह सवाल होता है कि बुरे कर्म करनेवाले के साथ अच्छा और अच्छे कर्म करनेवाले के साथ बुरा क्यों हो रहा है? दरअसल यह चार तरह की बातों पर निर्भर करता है।

१. पुराने कर्म- मान लें, तीन खाली टंकियाँ हैं, जिनके नीचे नल लगा हुआ है। आपने पहली टंकी में चावल भरकर रखे हैं, दूसरी में गेहूँ और तीसरी में गेहूँ और चावल का मिश्रण भरकर रखा है। चावल यानी अच्छे कर्म का फल और गेहूँ यानी बुरे कर्म का फल। एक इंसान चावल की टंकी में ऊपर से गेहूँ (बुरे कर्म) डाल रहा है मगर फिर भी उस टंकी के नल से चावल (अच्छे फल) ही बाहर आते हैं। दूसरा इंसान गेहूँ की टंकी में ऊपर से चावल डाल रहा है मगर नीचे से गेहूँ के दाने निकल रहे हैं।

अब जो इंसान चावल की टंकी में ऊपर से गेहूँ डाल रहा है यानी वह बुरे कर्म कर रहा है, यह सभी को दिख रहा है मगर फिर भी टंकी के नल से चावल ही बाहर आते हैं। यानी बुरा कर्म करके भी वह इंसान खुश दिख रहा है और सभी लोग उसी की जय-जयकार कर रहे हैं। हालाँकि वह गेहूँ डाल रहा है।

तीसरी टंकी में गेहूँ और चावल दोनों की मिलावट है। वास्तव में हर इंसान के साथ ऐसा ही है यानी अच्छे और बुरे फल साथ में रहते हैं इसलिए तीसरी टंकी से गेहूँ के दाने निकलेंगे या चावल के दाने निकलेंगे? यह आपके भूतकाल के कर्मों (बीजों) पर निर्भर करता है।

२. पुरानी प्रार्थनाएँ- प्रार्थना भी एक प्रकार का कर्म है। भूतकाल में इंसान ने जो प्रार्थनाएँ की हैं, उनका असर उसके वर्तमान पर होता है। यदि उससे गलत प्रार्थनाएँ निकली हैं तो आज अच्छे कर्म करने के बावजूद वह बुरा फ़ल भुगतता हुआ दिखाई देता है। अत: सही प्रार्थनाओं का कर्म करके खुद-ब-खुद अच्छे फलों को आकर्षित किया जा सकता है।

३. मान्यताएँ- कई अच्छे कर्म करनेवाले लोगों की कुछ मान्यताएँ ऐसी होती हैं कि उनके जीवन में बुरी घटनाएँ होते हुए दिखाई देती हैं। जैसे-भगवान अच्छे लोगों की परीक्षा लेता है, अच्छे लोगों को सोने की तरह तपाया जाता है ताकि वे शुद्ध बनें। जैसी मान्यता वैसा परिणाम आता है।

४. चुनौती- कई अच्छे कर्म करनेवाले लोगों के जीवन में चुनौती पूर्ण घटनाएँ होती हैं और लोग सोचते हैं कि इसके साथ बुरा क्यों हो रहा है? पर वे यह नहीं जानते कि ईश्वर उन्हें कुशल बनाना चाहता है।

अब इस समझ के अनुसार अपना देखने का नज़रिया बदलें, गलत मान्यताओं को ज्ञान द्वारा बदलें और अपने कर्मों पर ध्यान केंद्रित करें।

अध्याय ४

कर्म फल का सूत्र
कर्म के कानून की सही समझ

एक सज्जन इंसान किसी सुनसान रास्ते से सफर कर रहा था। वह किसी काम के सिलसिले में पड़ोस के एक राज्य में जा रहा था। कुछ समय चलने के बाद वह वाय जंक्शन पर पहुँचा। वाय जंक्शन यानी जहाँ दो रास्ते आपस में जुड़ते हैं और आगे जाने के लिए वहाँ से एक ही रास्ता होता है। उस वाय जंक्शन पर एक रास्ते से सज्जन इंसान वहाँ पहुँचा तो दूसरे रास्ते से एक दुर्जन इंसान भी वहाँ पहुँचा।

उस इंसान की शक्ल देखकर सज्जन थोड़ा डर गया। क्योंकि उसकी शक्ल से ही मालूम पड़ रहा था कि वह

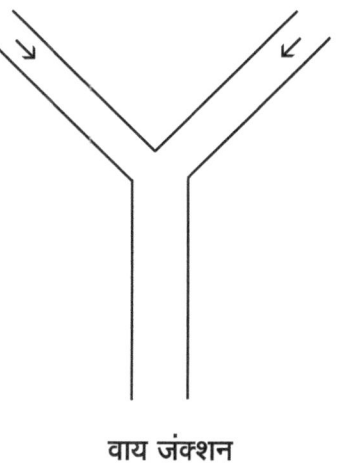

वाय जंक्शन

एक दुर्जन इंसान है, जिसके अंदर की दया, करुणा मर चुकी है।

सज्जन को डरा हुआ देखकर दुर्जन ने उसके नज़दीक आकर कहा कि 'डरो मत, मैं तुम्हें कुछ नहीं करूँगा। इसके आगे हमारा रास्ता एक ही है और रास्ता सुनसान भी है। आओ, साथ मिलकर सफर करते हैं।'

सज्जन के पास और कोई चारा भी तो नहीं था और उसे दुर्जन की बात सही भी लगी। उसने सोचा कि 'अकेले इस रास्ते से गुज़रना खतरे से खाली नहीं है। इसलिए साथ मिलकर आगे जाने में ही समझदारी है।'

यह सोचकर दोनों एक साथ आगे बढ़ गए। कुछ दूर चलने के बाद सज्जन इंसान के पाँव में काँटा चुभ गया, जिससे उसके पाँव से खून बहने लगा। वह लड़खड़ाकर नीचे गिर गया।

दुर्जन इंसान ने उसे सहारा देकर उठाया और पहले उसके पैर का काँटा निकाल दिया। फिर अपने कुर्ते का एक टुकड़ा फाड़कर उसने जख्म पर बाँध दिया।

आगे रास्ता एक राजा के राज्य से गुज़र रहा था। गिरने की वजह से सज्जन के कपड़े खराब हुए थे तो दोनों ने सोचा कि 'चलो, उस राज्य में बने घाट पर जाकर नहा लेते हैं।' इस बीच चलते हुए दुर्जन एक पत्थर से टकराया। वह पत्थर थोड़ा ढीला था इसलिए दुर्जन ने पत्थर हिलाकर देखा। हिलाते ही पत्थर एक तरफ लुढ़क गया और उसके नीचे सोने की अशर्फियों से भरा हुआ एक मटका दुर्जन को दिखाई दिया। उसने वह मटका तुरंत उठा लिया।

इस तरह सज्जन को मिले काँटे और दुर्जन को मिली सोने की अशर्फियाँ।

फिर दोनों नहाने के लिए घाट पर पहुँच गए। सज्जन पानी में उतरा और दुर्जन भी पानी में उतर ही रहा था कि तभी उसने देखा राजा के कुछ सिपाही आ रहे हैं। दुर्जन डर गया कि कहीं उसके पासवाला मटका देखकर सिपाही उसे चोर समझकर पकड़ न लें। इसलिए उसने वह मटका चुपचाप सज्जन के कपड़ों पर रख दिया और वहाँ से भाग गया।

तभी सिपाहियों ने सज्जन इंसान को देखा और उसकी पूछताछ शुरू की। उसकी तलाशी लेने पर उन्हें वह स्वर्ण मुद्राओं से भरा मटका मिला। सिपाही सज्जन

को पकड़कर राजा के पास ले गए। राजा ने उसे बंदी बनाकर कारागृह में डाल दिया। अब आप सोच सकते हैं कि सज्जन की क्या हालत हुई होगी।

सज्जन बड़ा दुःखी हुआ। वह सोचने लगा, 'हे ईश्वर, यह कैसा न्याय है? मैं एक सज्जन इंसान, जिसने कभी किसी का बुरा नहीं सोचा, मेरे पैर में काँटा फँसा, मुझे कारागृह मिला और वह दुर्जन, जिसने जीवनभर बेईमानी की, लोगों को ठगा, उसे स्वर्ण मुद्राएँ... कैसा न्याय है प्रभु?'

ईश्वर से शिकायत करते हुए ही वह नींद में चला गया और रात में स्वयं ईश्वर दिव्य प्रकाश के रूप में उसके सपने में आए। ईश्वर ने कहा, 'तुम्हें मालूम नहीं है कि सच्चाई क्या है इसलिए तुम दुःखी हो रहे हो। दरअसल तुम्हें फाँसी लगनेवाली थी लेकिन तुम्हारे अच्छे कर्मों का फल है कि बात इतने से काँटे पर निपट गई। कारागृह से तो तुम्हें कल सुबह मुक्त किया जाएगा क्योंकि राजा का संदेह दूर हुआ है। कुल मिलाकर एक रात का कारागृह और पैर में फँसा काँटा, इतने में तुम्हारे कर्मों का निपटारा हो गया।

रही बात उस दुर्जन की तो उसे कल उसके गाँव का राजा बनाया जानेवाला था, यह उसे मालूम नहीं था। लेकिन उसका कर्म फल है कि उसे बिना किसी को बताए उस गाँव से आज ही निकल जाने का विचार आया। साथ ही जो स्वर्ण मुद्राएँ हाथ लगी थी, वे भी उसने खो दी।'

सुबह नींद से जागने के बाद उसने देखा कि राजा उसे कारागृह से मुक्त कर रहे हैं। यह देखकर वह समझ गया कि सपना सच था। उसे ईश्वर का अदृश्य खेल समझ में आ गया। सज्जन ने ईश्वर को धन्यवाद दिया और अपने अगले सफर पर निकल गया।

कहानी के द्वारा हम कर्मों का हिसाब-किताब समझ रहे हैं। हमारा मानना होता है कि 'अच्छा कर्म किया है यानी कुछ अच्छा होना चाहिए या कम से कम बुरा तो नहीं होना चाहिए।' मगर उसके पीछे इतिहास है, जो हमें मालूम नहीं है। चाहे किसी बुरे कर्म करनेवाले को हम अच्छा फल भुगतते हुए देख रहे हैं लेकिन इसके पीछे भूतकाल के इसके कौनसे कर्म हैं, हमें आज दिखाई नहीं देता है। इसलिए अपने लिए इस सूत्र को गाँठ बाँध लें कि **'हर कर्म होश के साथ हो।'**

तमाम खुशियाँ आपके भी जीवन में आ सकती हैं। बस आपको होश में कर्म करने हैं। 'सौ बुरे कर्मों को मिटाने के लिए सौ अच्छे कर्म', यह कर्मों का कानून नहीं है। दोनों का हिसाब देना होता है। हाँ, आपके अच्छे कर्मों का प्रभाव बुरे कर्मों के भुगतान में मदद ज़रूर करेगा। इसलिए अच्छे कर्मों को इतना महत्त्व दिया गया है। बेहोशी में पाप कर्म होते हैं इसलिए होश में कर्म करने के लिए कहा जा रहा है।

इस कहानी से यह भी समझें कि अदृश्य में क्या चल रहा है, आपके जीवन में क्या आ रहा है, यह आपको मालूम नहीं होता है। आपके जो कर्म हैं, उनका हिसाब-किताब इसी जीवन में पूरा हो इसलिए यह सुविधा है। आपके कर्मों के अनुसार कुछ सकारात्मक तो कुछ नकारात्मक चीज़ें आपकी ओर आकर्षित होती हैं। आपके जीवन से नकारात्मक चीज़ों के प्रभाव को कुछ हद तक कम करने के लिए अदृश्य से आपकी तरफ समाधान भेजा जाता है। यदि आपने अपने आज के कर्म तथा प्रार्थनाओं को बदल दिया है तो वह समाधान सहजता से आपकी तरफ आकर्षित हो सकता है।

उपरोक्त कहानी में एक तरफ सूली भी काँटा बन गई और दूसरी तरफ जो कुछ बड़ा आने जा रहा था, वह रुक गया। ऐसी कहानियाँ तो युगों से चलती आ रही हैं। कहानियों द्वारा यही बताने का प्रयास किया जाता है कि इंसान को अभी के कर्म अच्छे करने चाहिए। बुरे कर्म करनेवालों के साथ अच्छा होता देख लोगों को लगता है कि उनके अच्छे कर्म बेकार गए। लेकिन लोगों की देखा-देखी आपको बुरे कर्मों में नहीं फँसना है क्योंकि हरेक के कर्मों का हिसाब-किताब अलग है। आपको सिर्फ सामनेवाले का बाहरी जीवन दिखाई देता है। जैसे, उसने कैसे कपड़े पहने हैं, उसके कर्म कैसे हैं, उसकी दुर्जनता यही हम देख पाते हैं। लेकिन आपको उसके कर्मों का हिसाब-किताब मालूम नहीं है। जबकि कुदरत के पास सबका हिसाब-किताब होता है। इसलिए आप इस सूत्र में रहकर कर्म करें कि **'मेरा हर कर्म होश में हो।'**

कुदरत देख रही है कि फलाँ इंसान से कैसे कर्म हुए हैं, उसके द्वारा कौन से अच्छे कर्म हुए हैं। हो सकता है उस दुर्जन इंसान से कुछ अच्छे कर्म भी हुए हों, कुछ साहसिक कार्य किए हों या किसी की समय पर मदद की हो, जिनकी वजह से

उसे राजा बनाया जानेवाला था। उसे पद और मान-सम्मान मिलनेवाला था। परंतु लालच वश उसने कुछ गलत कर्म भी किए होंगे। जैसे किसी को ठगना, किसी निर्दोष की हत्या करना आदि, जिनकी वजह से उसके अच्छे कर्मों का फल आकर भी, अपनी वृत्तिवश वह ले नहीं पाया।

दरअसल कुछ गलत कर्मों की वजह से जो अच्छा आना चाहता था, वह रुक गया। कौनसी नकारात्मक चीज़ें आप तक आते-आते रुक गईं या कौन सी सकारात्मक चीज़ें आपकी तरफ आना चाहती हैं, हमारी बुद्धि में इतनी ताकत नहीं है कि वह इसका हिसाब-किताब रख सके। हम अपने बारे में भी ठीक से नहीं बता पाते हैं तो दूसरों के बारे में बताना तो बहुत दूर की बात है। किसी के बाहरी कर्मों को देखकर हम अंदाजा लगा लेते हैं कि यह इंसान बुरा है या बुरा नहीं है। इतना ही नहीं उसके अच्छे-बुरे कर्मों की तुलना खुद के कर्मों से करने की वजह से उसमें उलझ जाते हैं। इसलिए किसी के बाहरी कर्मों को देखकर कोई भी अनुमान न लगाएँ, सिर्फ अपने आज के कर्म अच्छे करें। नए सजग कर्मों का खाता खोलें।

जिस तरह दिवाली में नए खाते खोलने का रिवाज़ है ताकि पुराने खाते समाप्त हों। ठीक उसी तरह आपके कर्मों का नया खाता खुले और पुराने खाते खत्म हो जाएँ और यह तभी होगा जब आपके द्वारा होश में तेज, ताजा कर्म होंगे।

कर्म करने के पूर्व क्या करें

कर्म करने से पूर्व अपनी सोच को जाँचना ज़रूरी है कि हमारे मन की अवस्था (चेतना) कैसी है? कोई भी कर्म शुरू करने से पहले हमें यह कर्म करना है कि हमें अपने हृदयस्थान पर रहनेवाले स्रोत (सेल्फ) से जुड़ना है।

यह, हर काम से पहले होनेवाला ज़रूरी कर्म है। यदि यह काम पहले कर लिया तो इसके बाद किया गया हर काम शुभ होगा, सही होगा। वह कर्म उच्चतम परिणाम ही लाएगा। संसार में जो लोग रचनात्मक काम करने से पहले या कोई निर्णय लेने से पहले अपने स्रोत (सेल्फ) से जुड़ते हैं, वे बेहतरीन काम करते हैं। क्योंकि वहाँ से जो भी विचार, आइडिया, सलाह, निर्णय आते हैं वे मौलिक, श्रेष्ठ और सही होते हैं।

अतः आगे से कोशिश करें कि हर कर्म से पहले अपने स्रोत पर जाएँ। वहाँ जाकर पहले अपने सभी चिपकावों और बंधनों (शरीर, दिमाग, सोच, कार्य, कार्य का फल, प्रसिद्धि, पैसा आदि) से अलग हो जाएँ। खुद से पूछें– 'इस समय मैं कहाँ से सोच रहा हूँ, दिल से या दिमाग से?' यदि आप दिमाग में हैं तो पहले दिल पर आ जाएँ। दिल की सुनें क्योंकि वहाँ से स्रोत, फीलिंग देकर, आपका मार्गदर्शन कर रहा है।

–'संपूर्ण भगवद् गीता' पुस्तक अध्याय ३ से...

अध्याय ५

प्रेरित कर्म का सूत्र

हृदयस्थान से जुड़ें

अगर प्रेरित कर्म का विचार खुल जाए तो आपके अंदर कई ऐसी चीज़ें हैं, जिनका निर्माण हो सकता है। प्रेरित कर्म का सूत्र है – **'एक क्षण पहले उस कर्म का विचार आपके अंदर नहीं था लेकिन अचानक एक विचार आया, आपसे कुछ कर्म हुआ और उससे आपका जीवन ही बदल गया।'** इंसान को यह खबर ही नहीं होती कि किस क्षण कौनसा दृश्य सामने आए और उसका जीवन बदल जाए।

जैसे गौतम को विचार आया कि दुःख की तह तक, मृत्यु की तह तक जाना है और गौतम से वह प्रेरित कर्म हुआ। जिससे गौतम का रूपांतरण भगवान बुद्ध में हुआ। उन्हें प्रेरित कर्म का विचार मिल गया, उसके बाद वहाँ कोई कर्म करनेवाला कर्ता नहीं बचा। उसके बाद उनके द्वारा जो भी कर्म हुए, आंतरिक प्रेरणा से हुए। मात्र एक विचार से उनके जीवन में इतना बड़ा बदलाव आ गया।

इंसान को यह मालूम ही नहीं है कि प्रेरित कर्म के विचार उसे हृदयस्थान से

आते हैं और उसी स्थान पर उसके हर सवाल का जवाब मौजूद है। इस स्थान पर तभी रहा जा सकता है जब आप पूरी तरह से वर्तमान में हैं। इंसान के मन में लगातार विचारों की कलाबाज़ियाँ चलती रहती हैं। उसके विचार कभी भूतकाल में दौड़ते हैं तो कभी भविष्यकाल में। कभी वह घर परिवार के भविष्य को लेकर चिंतित होता है तो कभी काम को लेकर तनाव में होता है कि 'अभी यह काम बाकी है... पहले भी यह काम देरी से होने की वजह से बहुत दिक्कत आई थी, अभी पता नहीं क्या होगा... वह भी करना है... दो महीने बाद इतने-इतने पैसे आनेवाले हैं... चार महीने बाद क्या करना है... अगले साल क्या होनेवाला है... यह होगा तो कितना अच्छा होगा...', इस तरह निरंतर उसके अंदर विचार चलते रहते हैं। यानी वह वर्तमान में पूरी तरह से खुलकर जी नहीं पाता है।

हृदयस्थान के द्वार पर उसके लिए कितनी सारी चीज़ें खड़ी हैं कि यह द्वार खुले और उसके सामने प्रेरित कर्म के विचार खुल जाएँ। यदि वह भूत और भविष्य की चिंताओं को छोड़कर अपने अंदर हृदयस्थान पर जाएगा तो प्रेरित कर्म का सूत्र अपना काम करने लगेगा।

जब टेलिस्कोप का आविष्कार नहीं हुआ था तब इंसान आकाश की ओर देखने की कल्पना भी नहीं कर सकता था। वह चीज़ों को बड़ा करके देखने के लिए मैग्निफाइंग ग्लास का इस्तेमाल करता था। कहीं खून हुआ हो, चोरी हुई हो तो फिंगर प्रिंट्स भी मैग्निफाईंग ग्लास से देखे जाते थे। फिर एक दिन गैलिलिओ को हृदयस्थान से ऐसी चीज़ बनाने का विचार आया, जिससे छोटी चीज़ों को बड़ा करके देखना ही नहीं बल्कि सीधे आकाश को स्पष्टता से देखना संभव हो। इस विचार के कारण उनसे प्रेरित कर्म हुआ और टेलिस्कोप का निर्माण हुआ।

दिन-रात गैलिलिओ उसी में लगा रहा। उसके दिन-रात प्रयोगशाला में ही बीतने लगे। कोई सोचेगा कि यह इंसान कितनी मेहनत कर रहा है। मगर जिसे आंतरिक प्रेरणा से मार्गदर्शन मिल रहा है, उसके लिए इस तरह के काम, मेहनत भरे या तनावपूर्ण नहीं होते। उनके द्वारा वे कार्य अपने आप होते जाते हैं।

गैलिलिओ का टेलिस्कोप बना और उनके उस एक प्रेरित विचार ने ब्रह्मांड का नज़ारा खोलकर रख दिया। आकाशगंगाएँ इंसान की नज़र की पहुँच में आ गईं।

टेलिस्कोप से देखने के बाद ही दुनिया को पता चला कि चाँद असल में क्या है और हम क्या समझ रहे थे। कौन (धरती) किसके चक्कर लगाता है।

हृदयस्थान से आनेवाले विचार, प्रेरित कर्म करवाते हैं। भगवान बुद्ध को भी बचपन में विचार (भाव) आया 'अपने अंदर देखो, अपनी साँस को देखो'। उन्होंने ऐसा नहीं सोचा कि साँस तो चलती ही रहती है, उसे क्या देखना? चूँकि हृदय से विचार आया था, बुद्ध ने उस पर अमल किया और उसके साथ खोज शुरू हुई। गैलिलिओ की खोज ऊपर की तरफ हुई तो बुद्ध की अपने अंदर की तरफ। गैलिलिओ ने ब्रह्माण्ड के राज़ खोजे तो बुद्ध ने अपनी आंतरिक परतें खोली।

कोई सोचेगा, 'घूम-फिरकर जीवन का मजा लेने के बजाय ये लोग किन बातों में लगे हुए थे।' लेकिन उनके लिए वही जीवन की संतुष्टि थी इसलिए वे लगातार उसमें लगे रहे। इस तरह यदि कोई काम आपको भी प्रेरणा देता है तो इस सूत्र को अपने जीवन का सूत्र बना दें ताकि आपका कर्म ही सफल फल बन जाए।

अपने वर्तमान के कर्म सुधारें

लोग सोचते हैं कि 'पिछले जन्मों के कर्मों का फल मुझे इस जन्म में भुगतना पड़ रहा है' मगर यह पूरा ज्ञान नहीं है। इंसान को केवल अपने वर्तमान को सुधारना चाहिए। वर्तमान के गर्भ से भी महाआनंद का सागर निकलता है। वर्तमान में आपके जो कर्म (विचार) चल रहे हैं, उन्हें उत्तम बनाएँ। वर्तमान में किए गए उत्तम कर्मों का फल ही आपका भविष्य बनाएगा।

समझ मिलने और प्रज्ञा जगने के बाद इंसान वर्तमान में सजगता से कर्म करेगा क्योंकि अब उसे पता होगा कि वे ही कर्म उसके हाथ में हैं। अगर इंसान वे कर्म करते वक्त कर्मात्मा के साथ कर्म कर पाया तो उन कर्मों का जो फल आएगा, वह साधारण फल नहीं होगा बल्कि मुक्ति का महाफल होगा।

– *'कर्मात्मा और कर्म का सिद्धांत'* पुस्तक से...

अध्याय ६

श्रेय मुक्ति सूत्र

योगदान पर हो ध्यान

यश एक बड़े होटल में शेफ था। वह हेड शेफ बनने की चाहत रखता था। परंतु उसके साथ काम कर रहे लोग उससे बातचीत करना पसंद नहीं करते थे। क्यों? आइए, जानते हैं।

अकसर जब हॉटेल का मालिक अपने मित्रों को होटल दिखाने लाता तो यह उनके लिए खास डिश बनवाता और स्वयं जाकर दे आता। हेड शेफ के मना करने के बावजूद वह ऐसा किया करता।

वह जानबूझकर मालिक के सामने, अपने साथ काम कर रहे लोगों को डाँटता और उनकी कमियाँ गिनाता।

वह अकसर होटल के मालिक को कार तक छोड़ने जाता और कार का दरवाज़ा खोलता। वह इस तरह की कई हरकतें करता।

आप समझ ही गए होंगे कि लोग उसे पसंद क्यों नहीं करते थे। आपने भी

अपने आस-पास ऐसे लोगों को देखा होगा। जी हाँ! वह होटल के मालिक की चापलूसी किया करता था। यह बात बाकी कर्मचारियों को खटकती थी।

मान लें कि एक दिन वह हेड शेफ बन भी गया तो क्या बाकी लोग उसके साथ काम करना पसंद करेंगे? क्या वे उसे वैसा ही सहयोग देंगे, जैसा पहलेवाले शेफ को दिया करते थे? शायद नहीं।

जब कोई इस हद तक जाकर श्रेय लेने में रुचि रखता है तो वह किसी को पसंद नहीं आता। परंतु हर कोई सूक्ष्म रूप से चाहता है कि 'मुझे कामों का श्रेय मिले। अगर मेरी यह चाहत है तो इसमें गलत क्या है?' सतही तौर पर देखा जाए तो इसमें कुछ गलत नज़र नहीं आता। यदि काम किया है तो उसका श्रेय लेना गलत नहीं है। कर्म किया है तो फल मिलना चाहिए, यह गलत नहीं है परंतु क्या यह पूरी तरह सही है? इस पर मनन होना चाहिए।

आइए, पहले अपने भावों पर मनन करें कि श्रेय लेने के पीछे आपके भाव क्या होते हैं–

१. क्या आप इसलिए श्रेय लेना चाहते हैं ताकि आप अपने कर्मचारियों को नीचा दिखा सकें या इसलिए कि आप दूसरों से श्रेष्ठ दिख सकें?

२. क्या आप इसलिए श्रेय लेना चाहते हैं क्योंकि आपको पता है फलाँ काम किसी और ने किया है परंतु यदि मैंने इसका श्रेय नहीं लिया तो मेरी जगह उसकी प्रमोशन हो जाएगी? क्या आप अकसर दूसरों के काम का श्रेय लेते हैं?

३. या फिर आप अपने काम का श्रेय लेते हैं क्योंकि आपके मन में केवल यह भाव है कि 'मैंने काम किया है और मुझे यह दिखाना चाहिए।'

यदि आप तीसरी श्रेणी में आते हैं तो श्रेय लेना सही भी है परंतु सच्चाई यह है कि आप बहुत थोड़े में खुश हो रहे हैं।

जब भी आप अपने काम का श्रेय लेते हैं तो आपको अपने कर्म का फल तुरंत मिल जाता है। जैसे आपने अच्छा काम किया और सामनेवाले ने आपकी तारीफ की। तारीफ सुनकर आप खुश हो गए। इसका मतलब है कि आपको अपने कर्म का फल 'तारीफ' के रूप में मिल गया।

जबकि, यदि आप काम करते हैं और बदले में कोई चाहत नहीं रखते तब कुदरत स्वयं आपको आपके कर्म का फल देती है। और जब कुदरत फल देती है तो वह उसे कई गुना बढ़ाकर देती है।

अत: जब भी आप कर्म करें तो उसे ईश्वर को अर्पण कर दें। फल की इच्छा से मुक्त होकर कर्म करें। इसके लिए श्रेय मुक्ति सूत्र सदा याद रखें, **'योगदान करो, इनाम पर ध्यान मत करो।'** इनाम तो बोनस है, जिसके लिए आपको सीधे तौर पर कुछ करने की आवश्यकता नहीं है। आपका कर्म सही है तो इनाम तो आना ही है। आपका ध्यान केवल अपने कर्म को बेहतरीन करने पर हो, बाकी कुदरत स्वयं संभाल लेगी और बेहतरीन तरीके से संभालेगी, यह विश्वास रखें।

कर्म ज्ञान (सच्चा संन्यास) प्राप्त करें

कर्म संन्यास यानी जहाँ कर्म से अकर्म की अवस्था प्राप्त होती है – सभी संस्कार खत्म हो जाते हैं। कर्म से संन्यास लेकर यह न समझें कि अब कोई कर्म नहीं होगा। कर्म तो होगा लेकिन वह कर्ता भाव से मुक्त होगा, भोक्ता भाव रहित कर्म होगा। कर्मों को 'मैं कर रहा हूँ', यह अज्ञान मिट गया होगा। इस अवस्था को कर्म संन्यास कहते हैं। इस अवस्था में इंसान का शरीर से चिपकाव (मोह) तथा 'मैं शरीर हूँ' का भाव टूट जाता है और उसके द्वारा प्रतिकर्म होने बंद हो जाते हैं।

हर इंसान को इसी जीवन में अकर्ता की अवस्था प्राप्त हो सकती है, वह कर्म बंधन से मुक्त हो सकता है। उसके बाद उसके अंदर से मुक्ति की घोषणा स्वतः ही निकलेगी। कोई दूसरा उसे यह नहीं कहेगा कि 'अभी तुम मुक्त हो गए हो।' आप अंदर से अपने आपको हर बंधन से मुक्त महसूस कर पाएँगे।

– *'कर्मात्मा और कर्म का सिद्धांत' पुस्तक से...*

खण्ड १

कर्म नियम सूत्र

अध्याय ७

हर कर्म के साथ जुड़े 'कर्म नियम'

आपकी कर्म बैंक के खाते में क्या जाए

हर कोई चाहता है कि वह अपने कर्मों द्वारा सफल फल प्राप्त करे। यह हो सकता है परंतु इससे पहले आपको कर्म नियम को समझना होगा। इससे आपके कर्मों की गुणवत्ता बढ़ जाएगी और आप स्वतः ही सफल फल की ओर बढ़ेंगे।

एक इंसान अपने खाते में पैसे जमा करने बैंक में गया। उसने कैशियर को पैसे जमा करने के लिए दिए, उसमें एक नोट फटा हुआ था। कैशियर ने जब फटा हुआ नोट देखा तो उसने कहा कि 'यह फटा हुआ नोट नहीं चलेगा। हम यह नोट नहीं ले सकते।'

इस पर वह आदमी परेशान हो गया। उसने कहा, 'अरे सर, ले लीजिए न। नोट फटा हो या नया, जाना तो मेरे ही खाते में है। फिर इससे बैंक को क्या फर्क पड़ता है?'

इस पर कैशियर ने बहुत खूबसूरत जवाब दिया। उसने कहा, 'सर, ये मनी बैंक है, कर्म बैंक नहीं है। जैसा आप कह रहे

हैं, वैसा यहाँ नहीं बल्कि कर्म बैंक में चलता है। वहाँ आपका फटा हुआ नोट (कर्म) आपके ही खाते में जाता है।'

जब आप कर्मों की बैंक में फटा नोट (गलत कर्म) डालते हैं तो वह आपके लॉकर (कर्म खाते) में जमा होता है। यह कुदरत की ताकत है, वह हरेक का खाता सँभाल रही है। यह भी कुदरत की ही ताकत है कि वह सभी के कर्मों को लॉकर में रख पाती है और जब वे कर्म तंदुरुस्त होते हैं तो उन्हें फल के रूप में लौटाती है। इसलिए हरेक को यह ज्ञान होना आवश्यक है कि आप कर्म बैंक में कौन से कर्म जमा कर रहे हैं, किस समझ के साथ जमा कर रहे हैं और कौन सी डिपॉजिट स्लिप भर रहे हैं। जिस भावना से भरकर आप कर्म करते हैं, उसी भावना का उत्तर आपको फल के स्वरूप में मिलता है। यह समझ जगेगी तो कर्मों के पीछे की आपकी भावना और फल की कामना भी बदल जाएगी। कर्म बैंक में आप जिस भावना से कर्म डिपॉजिट करते हैं वह महत्वपूर्ण है। क्योंकि कर्म के पीछे आपकी भावना सही नहीं है तो असफल फल आता है और वह दु:ख का कारण बनता है। इसलिए कर्म के पीछे फल की कामना है तो कर्म करने की भावना बदलें। जब कुछ काम न हो तो भी आपके शुद्ध भाव न बदलें।

कर्म-यज्ञ

सफल फल लाने के लिए कर्म नियम सूत्र को अच्छे से समझ लें क्योंकि आप कर्म करना नहीं, कर्म-यज्ञ करना सीख रहे हैं। यज्ञ यानी जोड़, योग।

यह योग ऐसा हो कि जीवन ही यज्ञ बन जाए, जिससे सबका कल्याण हो, सबका मंगल हो, सभी को खुशी मिले। जिनका भी जीवन यज्ञ बनता है, वे औरों के लिए प्रेरणा बनते हैं। ऐसे महापुरूषों के जीवन पर कई किताबें लिखी गईं, जिन्हें पढ़कर लोग आज भी उनसे प्रेरणा लेते हैं। आप भी महापुरूषों के जीवन से प्रेरणा लेकर अपने जीवन को उसी अनुसार ढाल सकते हैं, अपने जीवन को यज्ञ बना सकते हैं। इसके लिए कर्म नियम सूत्र याद रखें, **'कर्म नियम सूत्र = प्रज्ञा[१]+प्रेम[२]+पवित्र इरादा[३] (ज़ीरो ज़ीरो डॉट कॉम*)'**। ये तीनों बातें आपके कर्म में हैं तो आपका कर्म सफल फल है। इन तीनों में से एक भी चीज़

आपसे छूट जाती है तो कर्म बंधन बनता है। जब भी आप कोई कर्म करते हैं तब यह ज़रूर देखें कि उपरोक्त तीन चीज़ों में से कौनसी चीज़ आपसे छूटती हैं।

सबसे पहले यह देखें कि जो भी कर्म आप कर रहे हैं उसमें **प्रज्ञा यानी समझ** है या नहीं। 'समझ' जो आप यह पुस्तक पढ़कर प्राप्त कर रहे हैं।

दूसरा है, **प्रेम**। जो भी कर्म आप कर रहे हैं, उसमें प्रेम है या नहीं, यह देखें।

और तीसरा है, **पवित्र इरादा**। यह ज़रूर देखें कि आप किस इरादे (भावना) से कर्म कर रहे हैं।

यदि कर्मों में इन तीनों का अभाव है तो वे कर्म निम्न दर्जे के (थर्ड क्लास) कर्म हैं। थर्ड क्लास कर्म में आप प्रज्ञा जोड़ देते हैं तो वह सेकंड क्लास यानी दूसरे दर्जे का कर्म बन जाता है। जब आप उसमें प्रेम भी जोड़ देते हैं तो वह सेकंड से ऊपर उठकर फर्स्ट क्लास (प्रथम दर्जे का) कर्म बन जाता है। जब उसमें पवित्र इरादा भी जुड़ जाता है तब वह फर्स्ट से भी ऊपर उठकर ज़ीरो क्लास कर्म यानी शून्य कर्म बनता है। ज़ीरो-ज़ीरो डॉट कॉम *(00.COM)। जब ये तीनों चीज़ें कर्म में जुड़ जाती हैं तब ऐसा कर्म आपके लिए बंधन नहीं बाँधेगा।

इस कर्म नियम की गहराई को समझने के लिए आइए, एक उदाहरण देखें।

एक बार शिक्षक ने बच्चों को गाय पर निबंध लिखकर लाने के लिए कहा। अगले दिन सभी बच्चे अपना-अपना निबंध लिखकर लाए। एक बच्चा गाय को क्लास में साथ लेकर आया। उस गाय पर 'निबंध' शब्द लिखा हुआ था। उसने गाय के बारे में कुछ नहीं लिखा था, गाय के पेट पर बस 'निबंध' शब्द लिखा था। इस तरह के कर्म में प्रज्ञा यानी समझ नहीं है इसलिए ये निम्न दर्जे का कर्म है। शिक्षक ने क्या बताया यह वह समझ ही नहीं पाया।

**00.COM के बारे में जानने के लिए देखें पृष्ठ संख्या ६३*

दूसरा बच्चा नोटबुक में निबंध लिखकर तो लाया था मगर उसकी लिखावट खराब थी। पेन को घसीट-घसीटकर लिखा गया था। उसकी लिखावट ही बता रही थी कि उसने किस भाव से वह लिखा था। उसमें प्रेम की कमी थी।

तीसरा बच्चा भी नोटबुक में निबंध लिखकर लाया था। उसकी लिखावट अच्छी थी। उसने गाय के बारे में काफी कुछ लिखा भी था। जैसे, गाय हमारी माता समान है... गाय की दो आँखें होती हैं... गाय की एक पूँछ होती है... उसके चार पैर होते हैं... आदि। उसने सब कुछ लिखा लेकिन गाय का जो मुख्य गुण है दूध देना, उस पर कुछ लिखा ही नहीं था। इस कर्म में पवित्र इरादे की कमी थी।

बचपन में बच्चों से जो भी कार्य करवाया जाता है, वह उनका भविष्य सुंदर बनाने के लिए, उनकी समझ बढ़ाने के लिए करवाया जाता है, उनमें बचपन से ही अच्छे संस्कार डालने के लिए किया जाता है। अगर वही उद्देश्य साध्य नहीं हुआ तो ऐसे कर्म में कमी रह जाती है।

चौथे बच्चे ने परिपूर्ण निबंध लिखा था। उसमें सब बातें थीं और लिखावट भी अच्छी थी। इसके अलावा उसे मिलनेवाले मार्क्स में कोई दिलचस्पी नहीं थी। उसे बस लिखने का आनंद चाहिए था, जो उसने लिया। उसने पूरी तन्मयता से निबंध लिखा और लिखकर उसे खूब आनंद आया।

चौथे बच्चे ने आनंद से कर्म किया। यह निष्काम कर्म है इसलिए उसे निबंध के मार्क्स खुद-ब-खुद मिलने ही वाले थे। जिसके लिए उसे कष्ट करने की आवश्यकता ही नहीं थी। उसका कर्म– प्रेम, प्रज्ञा और पवित्र इरादे से भरा हुआ था। प्रेम, प्रज्ञा और पवित्र इरादा आपसे सही और सच्चे कर्म करवाते हैं।

आप अपने कर्म में प्रेम, प्रज्ञा और पवित्र इरादा जोड़कर उसे शून्य कर्म बनाएँ ताकि आपका कर्म ही फल बने, खेल बने। हर कर्म का आनंद लें। आपका हर कर्म आनंद से हो रहा है यानी आपको फल मिल चुका है। फिर बोनस में जो भी आता है आए, नहीं आता है तो न आए, आपको इससे कोई फर्क नहीं पड़ेगा। आप पहले से ही मुक्त हो चुके होंगे।

कर्म नियम सूत्र

प्रज्ञा[१]

+

प्रेम[२]

+

पवित्र इरादा[३]
(भावना)

जीरो ज़ीरो डॉट कॉम

प्रतिक्रिया से कर्म को मुक्त करें

जब इंसान के कर्म प्रतिक्रिया से मुक्त हो जाएँगे तब कर्म बंधन नहीं बनेगा। समझ की मशाल से किए गए कर्म बंधन मुक्त होते हैं।

प्रतिक्रिया यानी सामनेवाले ने गाली दी इसलिए आपने भी गाली दी तो आप कर्म बंधन में हैं। बंधन में बँधा हुआ कर्म सिर्फ बंधन ही लाएगा। जैसे कीचड़ से भरा हुआ इंसान बाजार से ड्रेस लेकर आएगा तो वह कैसी ड्रेस होगी? वह जो ड्रेस लाएगा वह भी कीचड़ से भर जाएगी। इसका अर्थ है यदि कर्म खुद बंधन में है तो वह बंधन ही लाएगा।

सबसे पहले कर्म करते वक्त अपने आपसे पूछें कि 'यह कार्य मैं अपनी समझ से कर रहा हूँ या सामनेवाले के व्यवहार को देखकर कर रहा हूँ। सामनेवाले ने मेरी तारीफ नहीं की तो क्या इसलिए मैं उसका सम्मान नहीं कर रहा हूँ या सामनेवाला जो भी करे लेकिन मैं सही प्रतिसाद ही दूँगा।' समझ की मशाल ही हमारा मार्गदर्शन करे। लोगों का व्यवहार हमारी मशाल कभी न बने। लोगों का व्यवहार बदलता रहेगा लेकिन हमारी समझ की मशाल सदा जलती रहे।

– 'कर्मात्मा और कर्म का सिद्धांत' पुस्तक से...

अध्याय ८

प्रज्ञा[१] + प्रेम[२]

कर्म, ज्ञान और भक्ति का संगम

कर्म नियम सूत्र में पहले पड़ाव पर आती है 'प्रज्ञा'। प्रज्ञा का अर्थ केवल जानकारी होना नहीं है। जब ज्ञान व अनुभव (knowledge+experience) का संगम होता है तब प्रज्ञा जगती है। ऐसी प्रज्ञा (knowlerience) जब आपके कर्म के साथ जुड़ती है तो कर्म की गुणवत्ता अपने आप बढ़ जाती है।

कइयों के कर्म तो अच्छे होते हैं परंतु उनमें प्रज्ञा की कमी होने के कारण, उनके कर्म सफल फल नहीं लाते। यहाँ, कर्म के अलग-अलग सूत्रों की समझ देकर, आपकी प्रज्ञा को बढ़ाया जा रहा है। कर्म नियम को पढ़कर, प्रज्ञा को आत्मसात करते जाएँ और जीवन में अपनाते जाएँ।

कर्म नियम सूत्र में अगला पड़ाव आता है, 'प्रेम' का। प्रेम है ईश्वर की भक्ति करना। आप सोच रहे होंगे कि कर्म में भक्ति का योगदान कैसे हो सकता है क्योंकि आज तक अध्यात्म में भक्ति और कर्म को अलग-अलग मार्ग माना गया है। जबकि सभी मार्ग एक ही मंजिल पर पहुँचाते हैं। **'ध्यान व ज्ञानयुक्त कर्म ही भक्ति हैं'**, यह पंक्ति सत्य तो है ही, साथ ही यह हर मार्ग को जोड़ती भी है।

हर मार्ग आपस में जुड़ा हुआ ही है इसलिए हम कर्म नियम सूत्र की इस पुस्तक में केवल कर्म को ही नहीं बल्कि कर्म मार्ग में सहायक ज्ञान, भक्ति, ध्यान सभी को समझ रहे हैं।

'प्रेम' ईश्वर का दिव्य गुण है, यह ईश्वरीय स्वभाव है। वास्तव में यह हृदय से निरंतर बहनेवाले झरने की भाँति है, जो सभी के लिए बहता है। सामने पुण्यात्मा हो या पापी, मित्र हो या शत्रु, प्रेम सभी के लिए है। प्रेम में सिर्फ देने का भाव होता है, बदले में किसी कामना का नहीं। जैसे एक फूल अपनी सुगंध फैलाता है, फिर सामने चाहे कोई हो या न हो। कोई अच्छा हो या बुरा हो। इसके बदले में वह किसी से कोई कामना भी नहीं करता कि 'तुम मेरी सुगंध ले रहे हो तो बदले में मुझे कुछ दो।' यहाँ तक कि जो उसे तोड़कर हानि पहुँचाता है, वह उसका हाथ भी सुगंध से भर देता है।

हर कर्म सुंदरता और प्रेम से किया जा सकता है। बिना प्रेम भाव के कर्म अधूरा है। कर्म के साथ यदि प्रेम हो, भक्ति हो तो वह कर्म अव्यक्तिगत हो पाता है। श्रीराम भक्त शबरी का भी हर कर्म प्रेम (भक्ति) से होता था।

शबरी भील आदिवासी जाति की थी। उसके समाज में चोरी-लूटपाट, मदिरा, मांसाहार आदि चलता था। ऐसे माहौल में सात्विक प्रकृति की भक्त हृदया शबरी का दम घुटता था। अतः वह घर छोड़कर दंडक वन चली आई थी, जो अनेक ऋषि-मुनियों की तपस्थली था।

शबरी सदा अपनी भक्ति में ही लीन और आनंदित रहती। शबरी के मन में उसे नफरत की दृष्टि से देखनेवाले अन्य मुनिजनों के लिए भी प्रेम, दयालुता और शुभ भावनाएँ थीं क्योंकि उसकी दृष्टि में वे सभी उसके प्यारे राम के ही भक्त थे। अतः वह छिप-छिपाकर साधु-संतों के लिए सेवाकार्य भी करती। वह सुबह जल्दी उठकर जिधर से ऋषि निकलते थे उस रास्ते को नदी तक साफ करती, कंकर-पत्थर हटाती ताकि ऋषियों के पैर सुरक्षित रहें। फिर वह जंगल की सूखी लकड़ियाँ बटोरती और उन्हें ऋषियों के यज्ञ स्थल पर रख देती। उसके हर कर्म में प्रेम या कहें भक्ति झलकती थी।

शबरी के ऐसे उच्च गुणों को देखकर उसी वन में रहनेवाले मतंग ऋषि उससे बहुत प्रभावित हुए। उन्होंने शबरी को अपने आश्रम में आश्रय दिया तथा उसे अपनी शिष्या के रूप में स्वीकार किया। शबरी ने भक्ति और सेवाभाव से सभी आश्रमवासियों का दिल जीत लिया।

जब मतंग ऋषि के देह त्यागने का समय आया तब उन्होंने शबरी को आशीर्वाद दिया कि प्रभु उसे दर्शन देने स्वयं आएँगे। शबरी ने गुरु की यह बात गाँठ बाँध ली और वह रोज़ प्रभु के आगमन की तैयारी करने लगी। अपनी कुटिया को सजाती-सँवारती, उसे इस योग्य बनाती कि श्रीराम वहाँ आसन ग्रहण कर सकें। उसके इस भाव में निरंतरता थी।

जब श्रीराम शबरी की कुटिया में आए तब उसकी खुशी की कोई सीमा न थी। उसके मुँह से शब्द नहीं निकल रहे थे, मानो वह निःशब्द हो गई हो, आँखें आसूँओं से भर गई थीं। वह बारम्बार श्रीराम के चरणों में लेट रही थी। शबरी को समझ ही नहीं आ रहा था कि समस्त संसार के स्वामी स्वयं उसके द्वार पर पधारे हैं तो वह उनका कैसे सत्कार करे? वह जंगल से मीठे बेर चुनकर लाई। भोली शबरी हर बेर पहले खुद चखती और मीठे बेर श्रीराम को परोसती, जिसे प्रभु ने बड़े प्रेम से खाया। शबरी हर बेर पहले खुद चख रही थी क्योंकि वह श्रीराम को अपने पास उपलब्ध सर्वश्रेष्ठ सेवा देना चाहती थी। उसे यह बरदाश्त ही नहीं था कि प्रभु को फीके एवं खट्टे बेर खाने पड़े।

श्रीराम, भक्त शबरी से मिलकर सीता को मुक्त करने के लिए आगे निकल गए। लेकिन शबरी मुक्त होकर प्रभु के परमधाम चली गई।

यहाँ आपने देखा कि कैसे भक्ति तथा प्रेम से किया गया कर्म उच्चतम फल लाता है। यदि यह प्रेम आपके हर कर्म के साथ जुड़ जाए तो सोचकर देखें कि आपका जीवन कितना सहज, सुंदर व सरल हो जाएगा।

अखण्ड कर्म

कर्म करते वक्त इंसान के भाव, विचार, वाणी और क्रिया सभी एक होने चाहिए। चारों से एक ही दिशा में कर्म होने चाहिए तभी वह कर्म अखण्ड (पूर्ण) बन पाएगा।

मानो, एक इंसान मंदिर में जाकर शिवलिंग की पूजा करता है। उस पर बेलपत्र, फूल, दूध चढ़ाता है। मुँह से मंत्र-जाप भी करता है लेकिन उसका मन घर पर रहता है। घर में पत्नी से उसका विवाद हुआ था, पत्नी ने उसका अपमान किया था इसलिए उसके मन में ये ही विचार चल रहे हैं कि 'आज उसने ऐसा कहा... वैसा कहा... मेरा जीवन कैसा है... पत्नी मेरा आदर ही नहीं करती... मेरी बातें नहीं सुनती...' आदि। इस तरह देखा जाए तो उस इंसान के मन में कर्म के विपरीत विचार और वाणी के विपरीत भाव चल रहे हैं। वर्तमान में शरीर से पूजा-अर्चना का कर्म चल रहा है लेकिन उसका मन दूसरी जगह पर लगा हुआ है इसलिए उसका कर्म ऐसा है, जैसे पत्थर द्वारा पत्थर की पूजा हो रही हो। शरीर अचेतन, जड़, पत्थर जैसा ही तो है। उस इंसान के कर्म सिर्फ शरीर से हो रहे हैं, मन कहीं और है, भावना खोई हुई है।

– *'संपूर्ण भगवद् गीता' पुस्तक अध्याय ४ से...*

अध्याय ९

पवित्र इरादा[३]

बिना माँगे मिलता है

कर्म नियम सूत्र के तीसरे पड़ाव पर आता है 'पवित्र इरादा'। अगर कर्म के पीछे पवित्र इरादा है तो कुदरत की तमाम शक्तियाँ आपकी मदद करने लगती हैं। जैसे-जैसे आपका इरादा नेक होने लगता है, आप सभी के मंगल के लिए कामना करने लगते हैं, तमाम अदृश्य शक्तियाँ आपकी मदद करने आ जाती हैं। यह दिखाई नहीं देता मगर अदृश्य में यह कार्य लगातार चल रहा होता है। आपके बिना माँगे भी आपको मदद मिलना शुरू हो जाता है, यह अदृश्य नियम है।

जब आप स्वार्थी भाव (इरादे) से, लालच में, किसी का नुकसान करते हुए कोई कर्म करते हैं तो नकारात्मक ऊर्जाएँ आपके पास पहुँच जाती हैं। फिर उन ऊर्जाओं के प्रभाव में इंसान और बुरे कर्म कर लेता है और कहता है, 'मैं ऐसा करना नहीं चाहता था मगर मुझसे ऐसा हो गया।' यह उन ऊर्जाओं के प्रभाव में हुआ कर्म है। आपके लिए तमाम सकारात्मक ऊर्जाएँ कार्य करने को हरदम तैयार हैं। आप किन्हें अपने पास आकर्षित करते हैं, यह आप पर निर्भर है। जैसे-जैसे आपका

इरादा नेक होते जाता है, सकारात्मक ऊर्जाएँ स्वतः ही आपकी तरफ बढ़ने लगती हैं। यह खूबसूरत व्यवस्था है।

इंसान के जीवन की नाव भवसागर से गुज़र रही है। इस सागर में आपको कई शिप्स मिलते हैं, जो आपके कर्मों को प्रभावित करते हैं। आइए, उन शिप्स के बारे में जानते हैं।

सबसे पहला शिप है, **फ्रेंडशिप**। जैसे दोस्त आपको मिलते हैं, वैसे आप बनते जाते हैं और वैसे ही आपके इरादे हो जाते हैं।

दूसरा शिप है **फैमिली मेंबरशिप**। आपके परिवार का आप पर सबसे बड़ा प्रभाव होता है। इसलिए जैसा परिवार आपको मिला है, वैसे ही आप बनते हैं और उसी अनुसार आपके कर्म होते हैं।

तीसरा शिप है **पार्टनरशिप**। पार्टनर यानी सहयोगी। कई बार आप अपने सहयोगी के प्रभाव में आकर कुछ ऐसे कर्म कर जाते हैं, जो किसी को और अंततः आपको भी हानी पहुँचाते हैं। इसलिए पार्टनरशिप का भी आपके कर्मों के खाते पर प्रभाव होता है।

एक शिप का नाम **सेल्फिशशिप** है। आप ज़्यादा पाने के इरादे से स्वार्थ में कुछ कर्म करते हैं, जो आपको बंधन में बाँधते हैं, जिनका फल आपको भविष्य में भुगतना पड़ता है। इस सेल्फिशशिप का भी असर आपके कर्मों पर होता है।

फिर आती है **डूअरशिप** यानी कर्ताभाव। जब भी कोई अच्छा कर्म होता है तो मन 'यह मैंने किया' ऐसा सोचकर उसका श्रेय लेना चाहता है। श्रेय की चाहत होना भी फल से आसक्ति ही है। किसी के लिए श्रेय मिलना ही उस कर्म का फल होता है। जहाँ फल से आसक्ति है, वह कर्म निम्न दर्जे का होता है। इसलिए श्रेय की चाहत भी आपके कर्म की गुणवत्ता को घटाती है।

फिर आती है **स्पेसशिप**। स्पेसशिप को अकसर एलियन्स यानी पृथ्वी से बाहर की दुनिया से आए हुए जीवों से जोड़ा जाता है। कुछ लोगों को हमेशा इस तरह के हमले पृथ्वी पर होने का डर सताता रहता है। यह डर अज्ञात के डर का

प्रतीक है। अज्ञात का डर यानी उस चीज़ का डर, जिसके बारे में हमें कोई जानकारी नहीं है। स्पेसशिप तो सिर्फ उदाहरण के लिए लिया गया है। लेकिन हमारे कर्मों पर ऐसे कुछ डरों का असर भी होता है, जो हमारी भावना को बदलते हैं।

उपरोक्त सारी शिप्स में आपके कर्म बेहतर या बदतर बनते हैं। पर एक ऐसी शिप है जो आपके कर्मों को केवल बेहतर बनाती है। आपको उसी शिप में रहना है। यह शिप है **वर्शिप।** आपने यह ज़रूर सुना होगा कि 'वर्क इज वर्शिप।' यानी **आपका कर्म ही पूजा है।** तब कर्म के बाद किसी फल की कामना नहीं रहेगी।

आप कर्म किस इरादे (भावना) से कर रहे हैं, यह महत्त्व रखता है। हर कर्म को पवित्र इरादे, पूजा समझकर करें। **जैसे–जैसे आपका इरादा पवित्र होते जाता है, जैसे–जैसे आप सभी के मंगल के लिए कामना करने लगते हो तो सारी अदृश्य शक्तियाँ आपको मदद करने के लिए आ जाती हैं।** यह सिर्फ दिखता नहीं है मगर आपको मदद मिलना शुरू हो जाती है वह भी बिना माँगे!

कर्म का फल व बल तुरंत

लोगों में कर्म के प्रति यह मान्यता है कि हमने अभी कर्म किया तो उसका फल हमें भविष्य में या अगले जन्म में मिलेगा। कुछ लोग तो यह भी कहते हैं कि 'अगला जन्म किसने देखा है, जो भी मज़ा करना है अभी कर लो।' हकीकत तो यह है कि जैसे ही आप कर्म करेंगे वैसे ही आपको उसका फल (बल) मिलेगा। जैसे कुछ बुरा करने पर इंसान अंदर से कुढ़न या बुरी भावना महसूस करता है। दरअसल यह कर्म का बल है, जो तुरंत आता है।

अगर आपके मन में किसी रिश्तेदार के लिए नफ़रत है और उस नफ़रत की वजह से आप उसके खिलाफ चुगली करते हैं तो आपको तुरंत अंदर से अशांति महसूस होती है। यह अशांति कर्म के फल का बल है, उसके बाद आगे उस बल का भी फल आपको मिलता है। आपकी चुगली पकड़ी जाने के बाद आपके रिश्तों में दरार पैदा होती है। यह फल आपके जीवन में बाद में आया लेकिन उस फल का बल आपने तुरंत महसूस किया था।

हर इंसान को बल तुरंत महसूस होता है, उसके लिए कई साल नहीं लगते। यह बल संकेत देता है कि 'अभी तुम जो तकलीफ भुगत रहे हो, उससे हज़ार गुना ज़्यादा उसका फल आएगा। उस वक्त हजार गुना ज़्यादा तकलीफ होगी। अभी समझ जाओ, संभल जाओ।'

कुछ कर्म ऐसे होते हैं जिनका फल तुरंत मिलता है यानी बल और फल साथ में मिलते हैं। जैसे किसी इंसान ने आग में हाथ डाला तो उसे उसका फल मिलने में देर नहीं लगेगी, उसका हाथ तुरंत जलेगा यानी वह फल और बल दोनों एक साथ महसूस करेगा। आपके कर्मों का हिसाब-किताब लिखनेवाला कोई और नहीं है जो यह सोचेगा कि 'अभी इस इंसान ने आग में हाथ डाला है तो अगले जन्म में उसका हाथ जलाएँगे।'

अगर आपके पास समझ है तो आप हाथ जलने को तुरंत रोकेंगे और जलन को भी निमित्त बनाएँगे वरना आप बिना समझ के जीवनभर यह सोचते हुए रोते-धोते रह जाएँगे कि 'आग ने हाथ क्यों जलाया?' यह बात सदा ध्यान में रखें कि कुदरत का नियम काम करता ही है, चाहे कुछ भी हो जाए।

– *'कर्मात्मा और कर्म का सिद्धांत' पुस्तक से...*

खण्ड २

कामना से मुक्त कर्म

अध्याय १०

अपनी कामनाओं को पहचानें

आपके चार चेहरे

क्या आपके पास एक हाथी, साथी और लाठी है? – पहला सवाल

क्या आपके पास एक साथ चार चेहरे हैं? – दूसरा सवाल

आप सोच रहे होंगे, 'ये कैसे सवाल हैं? कुछ समझ में ही नहीं आ रहा है।' दरअसल ये सवाल क्यों पूछे जा रहे हैं, किस बारे में पूछे जा रहे हैं, इसकी पूरी जानकारी नहीं है तो जवाब देना थोड़ा मुश्किल हो जाता है। आइए, अब हम इस विषय की गहराई में जाते हैं ताकि आप समझ पाएँ कि ये सवाल आपसे क्यों पूछे गए।

पहला सवाल आपके मन की कामना को दर्शाता है। आप हाथी-साथी-लाठी में से क्या चाहते हैं, उससे पता चलता है कि आपके मन में कौन सी कामना छिपी है।

लोगों की चाहत होती है कि हमारे कर्म सफलता लाएँ परंतु वे किस सफलता की कामना कर रहे हैं यह उन्हें समझना होगा। सफलताएँ दो तरह की होती हैं। एक

बाहरी सफलता और दूसरी आंतरिक सफलता। बाहरी सफलता में लोग कामना करते हैं कि उनके पास कम से कम एक हाथी, एक साथी और एक लाठी हो।

एक हाथी हो यानी उन्हें लगता है कि **उनके पास कम से कम एक कार हो** तो जीवन सफल है। दो-चार कार होंगी तो और अच्छा है। वे कामना करते हैं कि उनकी कार पर थोड़ी भी खरोंच न आए और खरोंच आती है तो उन्हें दुःख होता है।

साथी यानी **साथ रहनेवाले ऐसे लोग, जिनसे कभी झगड़ा न हो।** लोगों को अकेले बैठना सज़ा लगता है इसलिए वे साथी की तलाश में रहते हैं। उनमें कामना होती है कि ऐसा साथी, जो उन्हें समझ सके। साथी के बगैर लोग अपने आपको अधूरा महसूस करते हैं। परंतु सच्चाई यह है कि असली पूर्णता हमारे अंदर ही है। उसका एहसास करने के लिए हमें किसी बाहरी चीज़ की आवश्यकता नहीं है। आंतरिक पूर्णता प्राप्त करते हैं तो आंतरिक आनंद खुलता है। इसके बाद इंसान से जो कर्म होते हैं, उनका फल जीवन में सफल फल लाता है।

जब तक इंसान आंतरिक पूर्णता प्राप्त नहीं करता तब तक उससे होनेवाले कर्मों की गुणवत्ता वैसी नहीं होती, जिससे जीवन में सफल फल आए। अपने कर्मों की गुणवत्ता बढ़ाने के लिए तथा आंतरिक सफलता प्राप्त करने के लिए **कर्म नियम सूत्र** की समझ आवश्यक है, जिन्हें आप पढ़ चुके हैं।

इंसान सुख-सुविधाओं के साथ-साथ **लाठी** यानी **सभी चीज़ों पर नियंत्रण** पाने की भी कामना रखता है। वह कामना करता है कि उसका आस-पास की परिस्थिती पर, आस-पास के लोगों पर नियंत्रण रहे। बॉस अपने कर्मचारियों पर, पति-पत्नी एक दूसरे पर हमेशा नियंत्रण पाना चाहते हैं। उन्हें लगता है कि 'ऐसा हुआ तो ही जीवन मेरे मन मुताबिक चलेगा... मैं लोगों से मन मुताबिक काम करवा पाऊँगा... डॉक्टर पर नियंत्रण पाऊँगा तो मेरा स्वास्थ्य नियंत्रण में रहेगा... बच्चों पर नियंत्रण पाऊँगा तो मेरा बुढ़ापा आसान होगा...' आदि। इंसान मनचाही सफलता पाने के लिए लगातार नियंत्रण पाने की कोशिश में लगा रहता है।

'मैं दूसरों पर नियंत्रण पाऊँगा तो ही मेरा जीवन मेरे मन मुताबिक चलेगा और मैं खुश रहकर एक सफल जीवन जी पाऊँगा', इस गलत धारणा में रहते हुए,

नियंत्रण पाने की चाहत में इंसान अनजाने में गलत कर्म करता रहता है। जैसे घुमा-फिराकर बात करना, सामनेवाले से अपना मतलब निकालने के लिए झूठ-कपट का सहारा लेना आदि। उसे यह मालूम ही नहीं है कि इस वजह से उसके चार चेहरे बन गए हैं।

एक चेहरा– वह जो दुनिया को दिखाने के लिए है यानी बाहरी जगत में जो उसका बरताव होता है वह उसका एक चेहरा।

दूसरा चेहरा– वह जो उसके करीबी लोग जानते हैं। जब वह बाहरी दुनिया से अलग, अपनी नीजी ज़िंदगी में है तब वह कैसा है, वह उसका दूसरा चेहरा है।

तीसरा चेहरा– वह जो केवल उसे ही पता है यानी उसकी कुछ अंदरूनी बातें, जिनके बारे में सिर्फ वह खुद ही जानता है। इंसान अपने आपको जो मानकर बैठा है, ये तीन चेहरे उसी से जुड़े हैं। इंसान जानता ही नहीं कि जो वह खुद को मानकर बैठा है वह भी उसका असली चेहरा नहीं है।

इंसान का चौथा चेहरा इन तीन चेहरों के पार है। यह चौथा चेहरा ही इंसान का असली चेहरा है मगर जो इंसान आत्मसाक्षात्कार प्राप्त करता है, वही अपना यह चौथा चेहरा, अपना असली स्वरूप जान पाता है। यह है आंतरिक सफलता।

जब तक यह आंतरिक सफलता नहीं मिलती तब तक इंसान बाहरी सफलता को ही ''सफल जीवन'' मानता है। इतना ही नहीं, बाहरी सफलता को ही असली सफलता मानकर वह मन के वश में हो जाता है।

मन को वश में लाने का असली अर्थ क्या है और इस मन को वश में कैसे लाया जाए, इसे अगले अध्याय में समझेंगे।

कर्मात्मा को जगाएँ

'कर्मात्मा' का अर्थ है कर्म की आत्मा। बिना आत्मा के कर्म मुरदा होता है। हमसे जो भी कर्म हो रहे हैं, वे ऐसी आत्मा रखते हैं, जिससे मोक्ष का दरवाज़ा खुल सकता है।

मोक्ष मिलने से पहले कर्म होते हैं, मोक्ष मिलने के बाद भी कर्म होते हैं मगर दोनों कर्म अलग-अलग होते हैं। दोनों कर्मों को हम एक ही नाम से पुकारेंगे तो भ्रम तैयार होगा। अतः अलग-अलग शब्द बनाए जाते हैं ताकि लोगों को पता हो कि निश्चित उन्हें ऐसे कर्म करने हैं, जिनसे बंधन न बने, जिनसे मोक्ष का दरवाज़ा स्वयं के लिए और दूसरों के लिए भी सदा खुला रहे। जो प्रेम, प्रज्ञा और नेक इरादे के साथ कर्म करता है या जो अपने कर्म की आत्मा जगाता है, उसे 'कर्मयोगी' कहा जाता है। कर्मयोगी, कुदरत द्वारा मिले कर्म संकेत समझ पाता है। उस कर्म संकेत पर जो कर्म वह करता है, वही कर्म मुक्ति का दरवाज़ा खोलता है।

– *'कर्मात्मा और कर्म का सिद्धांत' पुस्तक से...*

अध्याय ११

आंतरिक सफलता

बंधनमुक्त कर्म कैसे हों

इंसान, सिवाय अपने मन के बाकी सभी पर नियंत्रण पाना चाहता है। वह रिंगमास्टर बन बैठा है। आपने सर्कस में देखा होगा कि रिंगमास्टर हाथ में चाबुक लेकर जंगली जानवरों को नियंत्रित करके उनसे अपने मनचाहे करतब करवाता है। इंसान भी पूरी दुनिया को वश में करने की कोशिश में लगा है। वह जानता ही नहीं कि सिर्फ अपने मन पर काबू पा लिया तो बात बन सकती है, इससे ज़िंदगी कई गुना ज़्यादा बेहतर बन सकती है, यह विचार ही उसे नहीं आता।

मन शांत बैठा है बुद्ध की तरह, कुछ बड़बड़ नहीं कर रहा है, इसका मतलब वह वश में है, ऐसा बिलकुल नहीं है। मन बच्चों की तरह चंचल है। बच्चे जैसे उछल-कूद करते हैं, दौड़ते-नाचते हैं, हँसते, खिल-खिलाते हैं, मन भी वैसा ही है। विचारों के पीछे भागना मन का गुणधर्म है।

मन का दौड़ना गलत नहीं है, मन का उलझना और कामना करना गलत है। जैसे बच्चे बाहर कुछ देखकर आते हैं तो वह चीज़ पाने की ज़िद करते हैं, मन भी

दिखावटी सत्य में फँसकर कामनाएँ जगाता रहता है। दिखावटी सत्य यानी सामने कुछ देख लिया और उसे ही सत्य मान लिया। दिखावटी सत्य, सत्य नहीं, सत्य की परछाई है। दिखावटी सत्य बुराई नहीं है मगर यह सच्चाई भी नहीं है।

जैसे आपने अंधेरे में रस्सी देख ली। ऊपर-ऊपर देखकर वह अंधेरे में साँप की तरह दिख रही थी इसलिए आपके मन ने उसे साँप समझ लिया। साँप दिखाई देने की वजह से आपके मन में डर की भावना जगी कि कहीं साँप डस न ले, इसे मार देना चाहिए। फिर उस साँप को मारने के लिए आप लाठी तलाशने लगे।

दरअसल वहाँ लाठी की नहीं, टॉर्च की ज़रूरत थी ताकि सच्चाई मालूम पड़े मगर मन की दिखावटी सत्य को सच्चाई मान लेने की आदत ने आपमें ऐसी (लाठी की) कामना जगाई, जिसकी आवश्यकता नहीं थी।

जब भी मन दिखावटी सत्य में उलझकर ऐसी कामनाएँ जगाता है, जिनकी कोई आवश्यकता नहीं है तब वे कामनाएँ अंत में दुःख का, आत्मग्लानी का कारण बनती हैं। ऐसी कामनाएँ पूरी होती हैं तो भी दुःख लाती हैं और पूरी न हो तब भी दुःख ही होता है।

मन कामनाएँ जगा रहा है यानी वह मन वश में नहीं है। ऐसा मन इंसान को परेशान करता रहता है, उससे गलत निर्णय और अंततः गलत कर्म करवाता है। अगर मन की यह आदत छूटे तो यही मन इंसान की रचनात्मकता बढ़ाकर उसके लिए परम आनंद का कारण बन सकता है।

अध्यात्म में जब लोग सुनते हैं कि सबसे पहले मन को वश में करना आवश्यक है तो वे अकसर इसका गलत अर्थ निकालते हैं। उन्हें लगता है कि 'मन में उठनेवाली इच्छाओं का दमन करना, मन की इच्छाओं को मार डालना, मन को हर इच्छा-आकांक्षा के प्रति उदासीन बनाना यानी मन वश में करना।' मगर सफल फलवाले कर्म करने हैं तो मन को इस तरह कुंठित (डल) नहीं बल्कि समझदार

बनाना होगा। उसे बुद्धु नहीं, बुद्ध बनाना होगा। मन बहुत ताकतवर है परंतु वश में न होने की वजह से वह दिखावटी सत्य में फँस जाता है। इस मन को यदि ज्ञान, ध्यान और भक्ति मिल जाए तो यही मन इंसान को सारी खुशियाँ दिलाने के लिए निमित्त बन सकता है।

जैसे रिंगमास्टर को जानवरों को वश में करने के लिए लाठी की आवश्यकता होती है वैसे ही मन को वश में करने के लिए ज्ञान, ध्यान और भक्ति की आवश्यकता होती है। ज्ञान, ध्यान और भक्ति मिलते ही जब चौथा चेहरा, असली चेहरा उजागर होता है तब इंसान का हर कर्म यज्ञ बनता है। इन चेहरों को एक करने का कर्म सफल फल लाता है, यज्ञ बनता है। इसके लिए तीनों नकली चेहरों को समेटकर असली चेहरा पाना आवश्यक है।

जब तक इंसान अनेक चेहरों के साथ जी रहा है, वह बँटा हुआ है, उसका जीवन खंडित है।

ऐसे में इंसान अंदर सोचता कुछ है,

वाणी द्वारा कुछ और कहता है और

क्रिया करते वक्त कुछ और ही करता है।

इस तरह जीना आंतरिक संघर्ष पैदा करता है। इससे अंदर द्वंद्व, दुविधा की स्थिति हमेशा बनी रहती है। इस स्थिति से मुक्ति पाने के लिए असली चेहरे का ज्ञान प्राप्त करना आवश्यक है।

चौथे चेहरे की पहचान पाने का कर्म

चौथे चेहरे की पहचान ही आंतरिक सफलता का द्वार है। यदि आप आंतरिक (कर्म) सफलता चाहते हैं तो इसे जानना ज़रूरी है। आइने में दिखाई देनेवाला चेहरा आपका असली चेहरा नहीं है, वह तो आपके शरीर का चेहरा है। आप अपने शरीर को 'मेरा शरीर' कहते हैं, फिर भी अपने आपको शरीर ही मानते हैं।

ज़रा सोचकर देखें कि आप अपने किसी दोस्त के घर गए हैं। वह आपको बड़ी खुशी-खुशी अपना कमरा दिखाता है। कमरे की हर चीज़ को दिखाते हुए वह कहता है, 'यह मेरी टेबल है, मेरी टी.वी, मेरी अलमारी, मेरा सोफा, मेरी कुर्सी, मेरा बेड़, मेरा फोन।' यहाँ तक तो ठीक है लेकिन अंत में यदि वह कहे कि 'यह सब मिलाकर मैं हूँ' तो यह सुनकर आपको कितना आश्चर्य होगा। आप सोचेंगे, 'यह इंसान अभी तो कह रहा था, 'यह मेरी टेबल है' यानी वह कह रहा है कि यह चीज़ मैं नहीं हूँ। और अब कह रहा है कि 'यह सब मिलाकर 'मैं' हूँ।' उसकी बातें सुनकर आपको हँसी आएगी। परंतु क्या आप जानते हैं कि आप भी ठीक यही कर रहे हैं?

आप कहते तो हैं कि 'यह मेरा कान है, मेरी नाक, मेरा हाथ, मेरा शरीर' और यह कहते-कहते खुद को 'यह मैं हूँ' कहते हैं। 'यह मेरा शरीर है' कहने के बावजूद जब शरीर बीमार होता है तब आप कहते हैं, 'मैं बीमार हूँ'। यह अचानक 'मैं' कहाँ से प्रकट हुआ? इसके पीछे कौन सा तर्क है, यह आप समझ नहीं पाते।

'मेरा शरीर' कहा यानी आप तो शरीर नहीं हैं। हर इंसान से यही गलती हो रही है इसलिए यह गलती लगती भी नहीं है। जैसे अगर कोई बीमारी सभी को हो तो वह बीमारी नहीं लगेगी, वह एक आम बात हो जाएगी क्योंकि वही बीमारी डॉक्टर को भी है। वैसे ही खुद को शरीर मानने की गलती इंसान को गलती लगती ही नहीं है।

जब इंसान अपना असली स्वरूप जानेगा और उस सच्चाई के साथ जीवन जीते हुए उससे जो भी कर्म होंगे वे कर्म उसे कर्म बंधन में नहीं बाँधेगे बल्कि वे आंतरिक सफलता लाएँगे। अज्ञान की वजह से वह कर्म बंधन में बँधता रहता है। लोगों को लगता है कि अच्छे कर्म, बंधन नहीं बनाते मगर यह सच नहीं है। वे भी बंधन बनते हैं। हथकड़ी चाहे सोने (अच्छे कर्म) की हो या लोहे (बुरे कर्म) की, है तो वह बंधन ही।

असली चेहरे को जानना है का अर्थ :

चार चेहरों से तीन चेहरों पर आना,

फिर दो चेहरों पर और

फिर एक चेहरे पर।

यह सुनकर आप सोच सकते हैं कि 'एक चेहरा रखना कैसे संभव है... दुनिया में जीना है तो ऐसे करना पड़ता है... इसी को दुनियादारी कहते हैं...' आदि। ऐसे में आपको स्वयं से सवाल पूछना चाहिए कि **'आपके अंदर से यह तर्क दे कौन रहा है कि यह संभव नहीं है?' जो यह कह रहा है, उसका ही निरीक्षण आपको करना है।** उसका निरीक्षण करेंगे तो पता चलेगा कि इस तरह बातें करनेवाला मन ही है। यही वह मन है, जो वश में नहीं आता। इस मन का अलग-अलग घटनाओं में निरीक्षण करने का कर्म करना शुरू करें।

मन क्या कहता है, कैसे नकली चेहरा ओढ़कर बात करता है, इसका साक्षी बनकर दर्शन करें। जब आप साक्षी बनकर इस मन का दर्शन करेंगे तो मन के सारे रूप दिखाई देंगे। फिर जैसे-जैसे आप इन रूपों को समझ के साथ एक-एक करके विलीन करते जाएँगे तो आपका असली चेहरा प्रकट होने लगेगा। तब जैसे आप अंदर से हैं, वैसे ही बाहर भी रहेंगे। उस अवस्था में जो सुकून आपको महसूस होगा, वह अंदर की द्वंद्व, आंतरिक संघर्ष को समाप्त करेगा। इस मुक्त अवस्था से होनेवाले कर्म बंधनमुक्त कर्म होंगे। यह आंतरिक सफलता है। **चार चेहरों को एक चेहरा बनाकर आनंद से जीया गया जीवन ही सफल जीवन है। फिर आपसे जो भी कर्म होंगे वे इसलिए होंगे क्योंकि आप आनंद से भर गए हैं।** वरना जब आप किसी के लिए एक भी अच्छा कर्म करते हैं तो मन कामना करता है कि बदले में मुझे कुछ मिले। जैसे सामनेवाला मेरी तारीफ करे... मेरे फलाँ कार्य में मेरी मदद करे... कम से कम जब मुझे ज़रूरत पड़े तब वह मेरे काम आए आदि। आपने कुछ अच्छा किया और उसके बावजूद भी सामनेवाले ने आपको बुरा कहा तो आपको दुःख होता है। तब आप कहते हैं, 'अब आगे से मैं इसका काम करूँगा ही नहीं' क्योंकि आप उस कर्म के फल में अटक गए। ऐसे कर्म का फल आएगा भी तो वह सफल फल नहीं होगा, वह फल बंधन ही निर्माण करेगा।

कर्म न करना भी कर्म है

लोग कर्मबंधन और कर्मफल से मुक्त होने के लिए सोचते हैं कि 'हम कर्म ही नहीं करेंगे, चाहे वे कर्म अच्छे हों या बुरे हों। अगर हमने कर्म ही नहीं किए तो बंधन भी नहीं बनेगा और कर्म के अच्छे या बुरे फल से हम आज़ाद हो जाएँगे।' ऐसे लोग संसार छोड़कर संन्यास ले लेते हैं, जंगल में चले जाते हैं और अकेले रहते हैं। वे सोचते हैं, 'जंगल में हम लोगों से दूर रहेंगे तो लोगों के साथ हमारा संपर्क टूट जाएगा। इस तरह व्यावहारिक कर्म अपने आप बंद हो जाएँगे। फिर न रहेगा बाँस, न बजेगी बाँसुरी! न होगा कर्म, न मिलेगा फल, न होगा कर्म बंधन!' वास्तव में ये सब करना और संसार से भागना अज्ञान है, इससे आपको कर्मबंधन से मुक्ति नहीं मिलेगी।

आपने यदि संसार का त्याग किया और संन्यास लेकर किसी जंगल में या आश्रम में रहने लगे तो भी आप कर्मों से मुक्त नहीं होंगे। आपको शरीर मिला है तो उसे चलाने के लिए आप कुछ न कुछ कर्म तो करने ही वाले हैं, यह स्वाभाविक है। आपके शरीर, मन, वाणी या बुद्धि द्वारा कर्म तो होने ही वाले हैं। इस बात को समझने के लिए आप एक प्रयोग करके देखें। किसी दिन निश्चित करें कि 'आज दिनभर मैं कुछ भी नहीं करनेवाला हूँ।' उस दिन आपको एक ही जगह पर बैठे रहना है। यह प्रयोग करने के बाद आप देखेंगे कि आपका शरीर एक जगह पर बैठ ही नहीं पा रहा है। वह बार-बार उठेगा, बाहर जाएगा, खाना खाएगा, टी.वी. देखेगा, हाथ-पाँव हिलाएगा, कुछ न कुछ तो करता रहेगा। अगर आपका शरीर एक जगह पर बैठ भी पाया तो आपका मन विचार करता रहेगा। विचार चाहे अच्छे हों या बुरे, भूतकाल के हों या भविष्यकाल के लेकिन विचारों के द्वारा भी कर्म के बीज डाले जाते हैं। सिर्फ शरीर से क्रिया हुई तो कर्म हुआ, ऐसा नहीं है।

– 'कर्मात्मा और कर्म का सिद्धांत' पुस्तक से...

अध्याय १२

सकाम और निष्काम कर्म

ज़ीरो-ज़ीरो डॉट कॉम

सफल जीवन में बाहरी चीज़ें खेल-खेल में आ जाती हैं। उसके लिए आपको किसी चीज़ पर नियंत्रण पाने की आवश्यकता नहीं है। जो नियंत्रण पाने में लगा रहता है, हमेशा परेशानी में रहता है। क्योंकि एक चीज़ पर वह नियंत्रण पाता है तो दूसरी नियंत्रण से बाहर हो जाती है। इससे संघर्ष चलता ही रहता है और जीवन दुःखदायी बनता है।

आंतरिक सलफता के बाद कर्म करना ही इतना मज़ा देगा कि आपको फल की चिंता ही नहीं रहेगी। क्योंकि आपका हर कर्म आनंद्र से भरकर और खेल-खेल में होगा। इसलिए अपने आपसे सवाल पूछें, 'कौन से कर्म मुझे अच्छे लगते हैं? कौन से कर्म ऐसे होते हैं, जिनमें मेरा ध्यान सिर्फ फल पर ही होता है? कब-कब मैं शेखचिल्ली की तरह सिर्फ फल के बारे में ही सोचता हूँ? इससे बाहर निकलकर, एक चेहरे पर आने के लिए मुझे क्या करना होगा?'

आइए, अब कुछ निष्काम कर्म को समझने के लिए, कुछ सूत्रों को समझते

हैं। पहला सूत्र है, अज्ञान सूत्र। दूसरा है, ज्ञान-विज्ञान सूत्र और तीसरा है, परमज्ञान सूत्र। अब इन सूत्रों को एक-एक करके विस्तार से समझते हैं।

पहला है, अज्ञान सूत्र। लोगों में कर्मों के प्रति अज्ञान है इसलिए इसे अज्ञान सूत्र कहा गया है। लोग सोचते हैं कि उनके अच्छे कर्म उनके बुरे कर्मों को काटते हैं। इंसान का अज्ञान सूत्र कहता है, 'चार अच्छे काम + चार बुरे काम = ज़ीरो फल।' यह अज्ञान सूत्र है।

इंसान सोचता है, 'मैंने कुछ गलत कर्म किए हैं, अब कुछ अच्छे कर्म करूँगा तो बुरे कर्मों का निपटारा हो जाएगा।' इंसान को लगता है कि वह ऐसा करेगा तो अंत में उसके कर्म शून्य हो जाएँगे और वह कर्म बंधन से मुक्त हो जाएगा। अफसोस मगर यह सच नहीं है। आपके अच्छे कर्मों का फल भी आता है और बुरे कर्मों का फल अलग से आता है। इसका हिसाब शून्य नहीं होता। कुछ लोग तो ऐसा भी सोचते हैं कि नब्बे बुरे कर्म किए और सौ अच्छे कर्म किए तो कुल-मिलाकर दस अच्छे कर्म हमारे खाते में रहेंगे, जिनके आधार पर मृत्यु उपरांत स्वर्ग की प्राप्ति होगी। ऐसा सोचनेवालों से यही कहा जा सकता है कि इंसान से अज्ञान जो करवाए कम है।

लोग धर्म के नाम पर हत्याएँ तक करते हैं और सोचते हैं कि उन्हें स्वर्ग मिल जाएगा। इंसान रुककर मनन ही नहीं करता कि इस तरह से कोई मुक्ति नहीं मिलती, कोई स्वर्ग नहीं मिलता। लोग तो स्वर्ग के बारे में भी कल्पना करके बैठे हैं।

सौ अच्छे कर्म हों या नब्बे बुरे कर्म– दोनों में बंधन ही है, मुक्ति नहीं है। दोनों तरह के कर्मों को मिलाकर एकसौ नब्बे कर्मों का फल भुगतना होगा। इस समझ के साथ आपको अज्ञान सूत्र से बाहर आना है।

अज्ञान से थोड़ा ऊपर उठते हैं तो आता है, ज्ञान-विज्ञान सूत्र। **ज्ञान-विज्ञान सूत्र है 'ज़ीरो ज़ीरो डॉट कॉम'**। पहले इसका अर्थ समझें। इसमें **पहला ज़ीरो है– ईश्वर के लिए।** यह ज़ीरो वह शून्य है जिससे संसार बना। महाशिवरात्रि को जिस महाशून्य से संसार बना, वह शून्य जिसे ईश्वर कहें, अल्लाह कहें, प्रभु कहें या चेतना कहें, वही संसार का उत्पत्ति स्थान है।

दूसरा ज़ीरो है, उस ईश्वर का अंश यानी आप। अंश भी वैसा ही है, जैसा महाशून्य है, सागर है। जो सागर में है वही लहर में भी है और वही सागर की हर बूँद में भी है। बूँद सागर से बहुत छोटी है लेकिन है तो सागर ही। उसी तरह ईश्वर का अंश और ईश्वर एक ही है। वह अंश जब तक शून्य में रहता है, ईश्वर के करीब रहता है। जैसे ही यह अपने अच्छे या बुरे कर्मों के कारण आगे या पीछे होता है, वह शून्य नहीं रह जाता, व्यक्ति बन जाता है। जिससे यह सूत्र बिगड़ जाता है। इसलिए ज़रूरी है कि इंसान सदा शून्य अवस्था में रहकर कर्म करे।

डॉट इशारा है कामना मुक्त कर्म की ओर। देखा जाए तो लोग सकाम कर्म कर रहे हैं। ऐसे कर्म जिनके बदले में हरेक को कुछ न कुछ मिलता है। जबकि निष्काम भाव से किए गए कर्म हमें बंधन से दूर रखते हैं। इस खण्ड में दी गई समझ प्राप्त करके अपनी कामना को डॉट जितना छोटा कर दें ताकि आपके कर्मों की गुणवत्ता बढ़ जाए।

कॉम–सी.ओ.एम.(COM), जिसमें **सी** है क्रेडिट (श्रेय), कर्ता भाव के लिए। इंसान जो भी कार्य करता है, मन उसका श्रेय लेना चाहता है। 'यह मैंने किया' सोचकर, कर्ता भाव जगाकर इंसान कर्म बंधन बाँधता रहता है। कर्ता भाव से अहंकार बढ़ता है और अहंकारी इंसान कई चेहरों में बँट जाता है।

ओ है, ऑस्कर अवॉर्ड के लिए। जिसमें आपको अपने कर्म को अभिनय बनाना सीखना है। अभिनय के लिए ऑस्कर अवॉर्ड मिलेगा इसकी चाहत नहीं रखनी है यानी फल की चिंता नहीं करनी है।

एम है, मोह फल नाशा के लिए। नाशा शब्द 'नहीं' और 'आशा' का मिश्रण है। जिसका अर्थ है कि आपको फल की आशा से मुक्त होना है।

यहाँ तक आपने समझा कर्म का ज्ञान। अब समझें कर्म का विज्ञान। विज्ञान भी कुछ कामना को लेकर ही पूरे जोश और शिददृत के साथ लगातार काम कर रहा है। विज्ञान ने यह समीकरण खोज निकाला, '$e = mc^2$'. 'ई' यानी ऊर्जा (एनर्जी)। इस ऊर्जा से पूरा ब्रह्माण्ड निर्माण हो गया।

ऊर्जा है पहला शून्य। इसी ऊर्जा के विस्फोट से ग्रह, तारे, नक्षत्र, पृथ्वी आदि बन गए। विस्फोट द्वारा यह जो निर्माण हुआ है, वही दूसरा शून्य है। विज्ञान सूत्र में '$e = mc^2$' कहा गया है। 'एम' यानी पदार्थ (मैटर)। पदार्थ देखकर हमें लगता है कि यह ठोस है; जैसे कि पत्थर। मगर विज्ञान कहता है कि पत्थर भी ऊर्जा ही है। ऊर्जा को अगर प्रकाश की गति से शून्यक (वैक्युम) से गुज़ारते हैं तो पदार्थ बनता है। महाविस्फोट (बिग बैंग) के समय जो ऊर्जा तीव्र गति से शून्य से गुज़री, उस रफ्तार में पदार्थ तैयार हो गया। वह पदार्थ जब ठंड़ा हो गया तब वह ग्रह आदि के रूप में प्रकट हो गया। असल में वह भी ऊर्जा ही है। बाहर से जो भी ठोस लगता है, ऊर्जा के अलावा कुछ नहीं है। जितने भी इंसान, प्राणी, पेड़-पौधे दिखाई देते हैं; ये अनेक नहीं बल्कि एक ही ऊर्जा की तरंगें हैं। विज्ञान यह बात साबित कर चुका है। सब ऊर्जा ही है; बस फ्रिक्वेन्सी यानी तरंग अलग-अलग है। तरंगों की गति अलग-अलग है।

यहाँ पर आपने दूसरे सूत्र को समझा। अब इस सूत्र से आगे बढ़ें, इस पर रुकें नहीं।

अगला सूत्र है, परमज्ञान सूत्र । पृथ्वी पर सिर्फ मनुष्य ही ऐसा प्राणी है, जो सकाम कर्म करता है। सिर्फ इंसान में ही यह संभावना है कि वह देवताओं की चेतना तक ऊपर उठ सकता है और जानवर की निम्न चेतना तक गिर भी सकता है। परमज्ञान सूत्र में सकाम के 'स' को छोटा-छोटा करते जाएँ। इतना छोटा कि वह एक बिंदू, डॉट के रूप में आ जाए। जब यह छोटे बिंदू के रूप में आ जाएगा तो परमज्ञान सूत्र खुलेगा। वह सूत्र है ज़ीरो ज़ीरो.(डॉट) कॉम (00.com)। यह हमारी आंतरिक वेबसाइट है। बाहर तो हम रोज़ाना कई वेबसाइट्स खोलते रहते हैं मगर क्या कभी अंदर की वेबसाइट पर हमने क्लिक किया है?

जब भी आपको कोई निर्णय लेना हो तो अंदर की यह वेबसाइट क्लिक करें। जब भी यह वेबसाइट खुलेगी, अंदर से मार्गदर्शन आएगा। आंतरिक मार्गदर्शन के आधार पर जो निर्णय होंगे, उनसे होनेवाले कर्म, बंधन नहीं बाँधेंगे। इसमें डॉट यानी बिंदू का अर्थ है, निष्काम कामना। सकामना से निष्काम कामना पर जाने के लिए 'ज़ीरो ज़ीरो.कॉम' यह परमज्ञान सूत्र है।

इस सूत्र को समझकर अब आप फल में नहीं अटकेंगे। इस वेबसाइट पर क्लिक करते ही आपके कर्म यज्ञ बनेंगे। क्योंकि जब आपके चारों चेहरे एक हो जाते हैं तब अंदर कोई द्वंद्व, कोई संघर्ष, कोई दुविधा, कोई उलझन नहीं बचती। वह जीवन कैसा होगा इसकी आज आप कल्पना भी नहीं कर सकते। ज़रा सोचकर देखें कि वाकई जब ऐसा जीवन बनेगा तब आपकी आंतरिक अवस्था कैसी होगी। तब आप अकेले होंगे तो भी आनंद में रहेंगे, लोगों के बीच भी आनंद में, काम करते हुए या आराम करते हुए भी आनंद में ही रहेंगे, शरीर स्वस्थ है तो भी और कभी शरीर बीमार है तो भी आनंद में ही रहेंगे।

अब आपके अंदर यह सवाल उठ रहा होगा कि 'क्या वाकई ऐसा जीवन संभव है?' हाँ, यह संभव है इसीलिए यह सूत्र आपके सामने रखा जा रहा है। इंसान जीवनभर भ्रम में रहकर गुलाम कर्म करके बंधन ही बाँधता रहता है इसलिए उसे लगता ही नहीं है कि इसी जीवन में उसे मुक्ति मिल सकती है। परमज्ञान सूत्र से यह संभावना खुलती है।

00.COM
0 - परमात्मा
0 - आप
. - स कामना
C - क्रेडिट
O - ऑस्कर
M - मोह फल नाशा

कर्म का बल कर्म संकेत है

कुदरत इंसान को कर्म के बल का नमूना (सैंपल) उसी वक्त देती है। सैंपल यानी जब आप कुछ खरीददारी करते हैं, जैसे अचार, चटनी या मसाला तब दुकानदार आपको पहले एक सैंपल टेस्ट करने के लिए देता है। इसी तरह जब आप किसी के लिए बुरा सोचते हैं तब कुदरत बल के रूप में आपको टेस्ट करने के लिए सैंपल देती है। वह सैंपल है आपको अंदर से 'अच्छा न लगना।'

अब आप सोचें कि कर्म का बल (सैंपल) ही इतना कड़वा है तो जो आगे फल होगा वह कितना कड़वा होगा! कर्म का कड़वा सैंपल कुदरत द्वारा दिया गया कर्म संकेत है। इस संकेत को तुरंत समझकर योग्य कर्म करें तो ही आप कुदरत का पुरस्कार प्राप्त कर पाएँगे। प्रेम, आनंद और परम संतुष्टि है वह पुरस्कार।

– *'कर्मात्मा और कर्म का सिद्धांत' पुस्तक से...*

अध्याय १३

पाँच कामनाओं से मुक्त कर्म

दोष से बाहर आ जाएँ

गीता में श्रीकृष्ण ने एक श्लोक में बताया है कि **जो दोष के साथ कर्म करते हैं उनके बंधन बढ़ते जाते हैं**। यहाँ दोष का अर्थ कानना के साथ किए गए कर्म। इस दोष को दूर करने के लिए पहले आपको अपनी कामना को समझना होगा।

पहली बात कामना में धुँध न हो। इंसान जो कामना कर रहा है, वह धुँध है। उसे खुद ही नहीं मालूम, उसे क्या चाहिए। जैसे बीवी पति से कहती है, 'तुम्हें खुद समझ जाना चाहिए, मुझे क्या चाहिए।' बीवी की इस कामना में धुँध है। पति हमेशा परेशान रहता है कि इसे आखिर चाहिए क्या।

लोग अपने डरों की वजह से भी अपनी कामना स्पष्ट रूप से नहीं बता पाते कि 'यह नाराज़ हो जाएगा... उसे गुस्सा आएगा...।' ऐसे समय पर रिश्तों में स्पष्टता रखना बहुत ज़रूरी है। अपने माता-पिता को, मित्रों को, बच्चों को स्पष्ट बताएँ कि 'मैं क्या चाहता हूँ... मेरा लक्ष्य इस तरफ है... मैं आपके इन-इन प्रोजेक्ट्स में साथ नहीं देनेवाला हूँ।' कामना स्पष्ट बता पाना असल में साधारण

बात है। **जब आप स्पष्ट रूप से अपनी कामना जाहिर करते हैं तो आपकी कामनाओं से धुँध हटती है।**

आपको कोई चीज़ पसंद नहीं है और आप सिर्फ चिड़चिड़ करते हैं कि सामनेवाला खुद ही समझ जाए तो यह स्पष्टता की कमी है। स्पष्ट बताओ कि 'मैं नहीं चाहूँगी यह चीज़ टेबल पर रखी जाए... मैं चाहूँगी कि आप अपनी चीज़ें जगह पर रखें...' सही वार्तालाप होने से कामनाओं से उत्पन्न दुःख समाप्त होते हैं।

दूसरी बात ऐसी कामना न करें जो असत् पर आधारित है। असत् कामना यानी क्या, इसे समझें।

आप कौआ लेकर आए हैं और उसे मिट्‌ठू-मिट्‌ठू सीखा रहे हैं और वह काँ-काँ कर रहा है। यह है असत् कामना। कौआ कभी मिट्‌ठू-मिट्‌ठू नहीं कहेगा। वह कौआ है, आप उससे यह उम्मीद क्यों कर रहे हो, यह कामना क्यों लगाए हुए हो कि वह मिट्‌ठू-मिट्‌ठू बोले।

इसका अर्थ यह है कि आप रोज़ मेहनत कर रहे हैं और कामना कर रहे हैं कि लोग सुधर जाएँ। आप घरवालों को सुधारने में लगे हैं कि 'तुझे ऐसा करना चाहिए... ऐसा नहीं करना चाहिए... तुझे ऐसे कपड़े पहनने चाहिए... तुझे ऐसी बात नहीं बोलनी चाहिए...' जिंदगी के खत्म होने तक यह कहानी चलती रहती है। यह कैसी कामना है? यह आपको दुःख के अलावा कुछ नहीं देगी। क्योंकि कौआ अंत तक काँ-काँ ही करेगा। ऐसी असत् कामनाओं को छोड़ दें।

सामनेवाला मुझे प्यार करे... मम्मी प्यार करे... पापा प्यार करे... यह तो ठीक है, अच्छी कामना है। मगर यह कामना करना कि 'मेरी मम्मी मेरी सहेली की मम्मी की तरह प्यार करे। जैसे उसकी मम्मी उसके लिए रोज़ नए कपड़े लाती है, वैसे मेरी मम्मी भी लाए...' यह असत् कामना है।

लोग फिल्में देखकर, फिल्मी प्यार देखकर, अड़ोस-पड़ोस में देखकर काम नाएँ करते हैं। असत्य दिमाग में घुस गया तो अब दुःख शुरू होता है। हालाँकि यह साधारण बात है पर लोग समझ नहीं पाते।

तीसरी बात मंगल कामना करें। मंगल कामना यानी दूसरों के लिए दया

साधना करें कि 'दिव्य अनुभव योजना अनुसार सामनेवाले की कामना पूरी हो, उसका कार्य हो जाए, वह निश्चिंत हो जाए। उसके लक्ष्य पूरे हों, उसके बँधन मिट जाएँ।' यह कामना आप अपने लोगों के लिए करें। यह आदत डाल लें।

दया साधना का अभ्यास आपको कर्मबंधनों से मुक्त करने में मदद करेगा, कर्म की लकीरों को मिटाने के लिए निमित्त बनेगा।

चौथी बात, खुद से कामना करो, दूसरों से कामना मत करो। क्या आप खुद से कामना करते हैं? नहीं। जब आप खुद से करेंगे तो अधिक खुश रहेंगे। हर सुबह आइने के सामने जाकर खुद को बोलें, 'खुश रहना... आज मज़ा करेंगे... आज सब कामों को होते हुए देखेंगे।'

आप स्वयं पूर्ण हैं, आप स्रोत हैं तो स्वयं से ही कामना करें। दूसरा कोई आपसे प्रेम करे, इस चक्कर में मत भागो।

पाँचवीं बात आपकी कामना कैसी हो? आपकी हर कामना ऐसी हो कि उसके अंदर का बीज जो है, वह समाप्त हो। कामना के अंदर बीज है जो आपको सुखीराम या दुःखीराम बनाता है। अब आपको न सुखीराम बनना है, न दुःखीराम बनना है। **आपको आत्माराम बनना है।** इसे समझें।

कामना पूरी होती है तो सुख मिलता है, पूरी नहीं हुई तो दुःख मिलता है। यानी यह कामना बीजवाली कामना थी। अब कामना से बीज को निकाल दो यानी आपने कामना रखी परंतु सामनेवाले ने आपकी कामना पूरी की या नहीं की, आपको उससे फर्क नहीं पड़ता। आप अपने आनंद में हैं। इसका अर्थ है कि आप आत्माराम बन गए हैं।

कामना से बीज को निकालकर आप खुश रह सकते हैं। इस तरह से कामना की बंधनकारी शक्ति खत्म हो जाएगी। कामना की बीज शक्ति आपको बाँधकर रखती है। अब वह शक्ति आपने उससे छीन ली।

प्रतिकर्म से शुद्ध कर्म की ओर

हर इंसान के द्वारा कर्म कम तथा प्रतिकर्म ज़्यादा होते हैं। 'प्रतिकर्म' यानी प्रतिक्रिया (रिऐक्शन)। एक इंसान ने आपको गाली दी तो आप भी उसे गाली देते हैं। अगर वह इंसान आपको गाली नहीं देता तो आप भी उसे गाली नहीं देते। यानी आपका गाली देना या न देना उस इंसान पर, उसके द्वारा दी गई गाली पर निर्भर करता है। यह है 'प्रतिकर्म'।

जब आपका कर्म दूसरों की क्रिया पर निर्भर होता है तब वह प्रतिकर्म होता है। किसी ने आपकी प्रशंसा की तो आपने उसका काम कर दिया। अगर वह आपकी प्रशंसा नहीं करता तो आप उसका काम नहीं करते थे।

इंसान को जब कर्म-प्रतिकर्म का ज्ञान होता है तब उसकी समझ खुल जाती है। वह प्रतिकर्म से आगे बढ़कर शुभ कर्म तक पहुँचता है। हर वह कर्म जो आपको सत्य की ओर ले जाए, आपको सेल्फ को याद करने में सहयोग करे, वह शुभ कर्म है।

– *'संपूर्ण भगवद् गीता' पुस्तक अध्याय ४...*

अध्याय १४

बिना कामना के कर्म कैसे करें
कामना को शून्य करने का तरीका

कर्म बंधन में अटकने की संभावना ही न रहे इसके लिए कुछ लोग सोचते हैं कि हम कोई कर्म ही नहीं करेंगे। ऐसे में यह समझना ज़रूरी है कि कर्म न करना भी एक कर्म है और उसका भी फल आता है।

जैसे कोई विद्यार्थी कहे कि 'परीक्षा नज़दीक आई है लेकिन मैं पढ़ाई करूँगा ही नहीं।' उसने पढ़ाई न करने का कर्म तो किया मगर उसका भी फल उसे मिलता है। वह परीक्षा में फेल हो जाता है।

कर्म न करने का फल है, **असफल फल।** बुरे कर्मों का फल है, **महाअसफल फल।** अच्छे कर्मों का फल है, **मिश्रित फल।**

मिश्रित फल यानी जहाँ अच्छे कर्मों का फल कभी सुख देता है तो कभी दुःख। हालाँकि कर्म तो अच्छा है मगर वह सुख के साथ-साथ कभी दुःख भी देता है इसलिए उसे मिश्रित फल कहा गया है। इसे एक उदाहरण से समझें।

एक छोटे बच्चे ने अपने घर में देखा कि पिंजरे में एक चूहा फँसा है। उसने पिंजरे का दरवाज़ा खोलकर चूहे को आज़ाद किया। जैसे ही चूहा बाहर आया, उसने चूहे की पूँछ पकड़ ली और बिल्ली को बुलाया। बिल्ली आते ही चूहे पर झपट पड़ी और चूहे को मुँह में उठाकर भाग गई।

बच्चे के दादाजी सब देख रहे थे। जब उन्होंने बच्चे से ऐसा करने की वजह पूछी तो बच्चे ने बताया, 'हमें स्कूल में हर रोज़ दो अच्छे कर्म करने के लिए कहा गया है। मैंने भी दो अच्छे कर्म किए। पहला, चूहे को पिंजरे से आज़ाद किया और दूसरा, बिल्ली को खाना खिलाया।'

यह मिश्र फल का उदाहरण है। दिखने में तो उसने अच्छे कर्म किए मगर बिल्ली के हाथों चूहे की मौत के लिए बच्चा निमित्त बना।

अकसर लोगों के मन में सवाल आता है कि 'आखिर अच्छे कर्म करने के बाद भी मैं दुःख क्यों भुगत रहा हूँ?' कारण यह है कि अच्छा कर्म करने के बाद वे सोचते हैं कि 'मैंने इतना अच्छा काम किया और सामनेवाला तारीफ भी नहीं कर रहा है... मैंने अच्छा काम किया तो बदले में मुझे भी कुछ मिलना चाहिए... मैंने अच्छे कर्म किए हैं यानी मैं सत्वगुणी हूँ, दूसरों से मैं बेहतर हूँ...।' इस तरह इंसान के अंदर अच्छे कर्म का अहंकार जगने की संभावना होती है। यह सोच सोने की जंज़ीर है। आपसे अच्छे कर्म हो रहे हैं तो इसका अर्थ यह नहीं कि आपको सोने (बेहाशी में जीने) का लायसंस मिला है।

इंसान को सुख से आसक्ति होती है। सुख की आदत पड़ जाती है तो उसमें थोड़ा भी खलल आने पर उसे दुःख होता है। फिर उसके मन में उस सुख को पकड़े रखने की कामना जगती है, 'यह सुख न जाए, यह कभी कम न हो, हमेशा बना रहे।' इस तरह सुख को पकड़े रखने की कामना उसे वापस दुःख में ले जाती है। समय के साथ सुख भी बदल जाता है और दुःख भी बदल जाता है। बदलाहट कुदरत का नियम है। इंसान सुख में भी दुःख भुगतता है इसलिए मात्र अच्छे कर्म करना काफी नहीं है। **अच्छे कर्मों से आगे जाकर सच्चे कर्म भी करने ज़रूरी हैं। सच्चे कर्म ही असली कर्म हैं।**

सच्चे कर्म यानी जहाँ फल में आसक्ति नहीं बची। फल में आसक्ति होना सकाम कर्म है। हमें 'डॉट कॉम', 'ज़ीरो कर्म' यानी बिना कामना के कर्म करने हैं।

जब आप नहाकर बाहर आते हैं तो क्या अपनी तारीफ सुनना चाहते हैं? क्या आप चाहते हैं कि लोग कहें, 'अरे वाह! तुम तो नहाकर आए, बहुत अच्छा काम किया, क्या बढ़िया नहाए हो।'

क्या आपको नहाने के कर्म के बदले कुछ पाने की कामना होती है? नहीं। नहाना आपको ताज़गी देता है इसलिए आप नहाते हैं। सफाई आपका स्वधर्म है। नहाकर तो बस आप स्वधर्म निभाते हैं। इसमें आपको किसी फल की चाहत नहीं होती।

हम नहाने के कर्म के बदले तो कुछ नहीं चाहते लेकिन बाकी कर्मों में हम चाहते हैं कि 'मैंने खाना बनाया तो लोगों से तारीफ मिलनी चाहिए' या 'मैंने मेहनत करके पैसे कमाए तो मुझे तारीफ मिलनी चाहिए' जबकि खाना बनाना या पैसे कमाना ये भी तो स्वधर्म है।

एक इंसान खाना बनाता है, दूसरा ऑफिस जाकर पैसे कमाता है। यदि दोनों झगड़े करते हैं कि 'मैं कमा रहा हूँ... मैं रोज़ खाना बना रही हूँ...' तो इस तरह दोनों कर्म के फल में अटककर, निष्काम कर्म नहीं कर पाते।

जैसे आप अपने लिए नहाते हैं, ठीक वैसे ही यदि आपने प्रेम से, रचनात्मकता का इस्तेमाल करते हुए, प्रज्ञा और पवित्र इरादे से खाना बनाया तो समझ रखें कि यह आप अपने लिए कर रहे हैं और खाना बनाने का आनंद ही आपका फल है। इस समझ के साथ चलेंगे तो लोग तारीफ करें या न करें, आप दुःखी या परेशान नहीं होंगे।

उपरोक्त उदाहरणों से आप समझ रहे हैं कि आप यह सब अपने लिए कर रहे हैं। आप अपने स्वधर्म में हैं तो आपको फल की चाहत में फँसना नहीं है, बस सच्चे कर्म करते रहना है। सच्चे कर्म करने के लिए यह बात सदा याद रखें कि यह सब खेल-खेल में हो। जीवन खेल है, उसका मज़ा लें। खेलने के लिए जीतना है,

जीतने के लिए नहीं खेलना है। हर कर्म आनंद के साथ, खेल-खेल में और पूरा डूबकर करें।

आपने किसी ऐसे इंसान को तो ज़रूर देखा होगा, जो किसी कला में निपुण है। जैसे कोई संगीत में निपुण है, कोई गाने में, कोई चित्रकारी में तो कोई नृत्य में। जब वे अपनी कला का आविष्कार करते हैं तो उसमें पूरे डूब जाते हैं, तल्लीन हो जाते हैं। मानो वे वहाँ हैं ही नहीं। वे अपनी कला द्वारा सीधे सेल्फ के संपर्क में आ जाते हैं। कुदरत से, पूरी कायनात से जुड़ जाते हैं। बाहर से देखकर लगता है कि वह इंसान वहीं पर है मगर वह वहाँ है ही नहीं। वह अपनी कला में खोया हुआ है, ईश्वर के संपर्क में है।

ठीक वैसे ही आप भी जब कोई कर्म करें तो उसमें पूरी तरह डूब जाएँ, चाहे वह रसोई में खाना बनाने का काम हो या बरतन धोने का... ऑफिस का काम हो या मार्केट जाने का... सेवा का कार्य करना हो या बच्चे की परवरिश करनी हो।

आपने मदर टेरेसा की सेवा के बारे में ज़रूर सुना होगा। आज लोग उन्हें सेवा की देवी के रूप में याद करते हैं। उनमें ऐसी कोई कामना नहीं थी कि 'मेरी सेवा के बदले मुझे कुछ मिले।' इस तरह के भावों से किए गए कर्म को निष्काम कर्म कहा जा सकता है। अगर उनमें ऐसे भाव न होते तो वह सेवा इतनी बड़ी अभिव्यक्ति न बन पाती।

आपने कभी यह अनुभव ज़रूर किया होगा कि किसी काम में आप इतना खो गए कि समय की सुध-बुध ही नहीं रही। जैसे कि आप समय से परे ही चले गए हों। लोग कहीं पिकनिक मनाने के लिए जाते हैं तब वे कुदरत में खो जाते हैं। जब सुध-बुध वापस आती है तब वे कह पाते हैं कि 'आज एक अलग आनंद महसूस हुआ।' ऐसा इसलिए हुआ क्योंकि उस वक्त वे कुदरत के साथ जुड़ गए थे, एक हो गए थे। उस वक्त देखनेवाला अलग नहीं बचा। 'मैं' जैसे गायब हो गया। ऐसा ही होता है जब आप निष्काम भाव के साथ किसी कार्य को पूरा करते हैं।

इस तरह के निष्काम कर्म आपसे हों इसलिए कर्मों का ज्ञान होना आवश्यक है। साथ ही आवश्यकता है प्रेम और भक्ति की, जो समझ के साथ बढ़ती है।

आप जाग्रति के साथ इस तरह के कुछ कर्म प्रयोग के तौर पर करके देखें। यह न सोचें कि तुरंत आपके सारे कर्म उस गुणवत्ता के होंगे मगर कुछ कर्मों के साथ तो हम प्रयोग कर ही सकते हैं। कुछ कर्म तो हम निष्काम कर ही सकते हैं। इसलिए जितना कर सकते हैं, उतना तो तुरंत करना शुरू कर दें।

कर्म के साथ बस ''डॉट'' जितनी आसक्ति रखें। फिर डॉट जितनी आसक्ति भी कम-कम होते हुए समाप्त हो जाए। ऐसे आसक्तिरहित कर्म आपका भाग्य बदलने की शक्ति रखते हैं।

विचार और फल

विचार भी कर्म हैं और उसका फल भी आता है। यदि आप हमेशा यह सोचते हैं कि 'लोग बुरे हैं' तो यह विचार भी एक कर्म है। 'लोगों का आपसे बुरा व्यवहार करना', यह इस विचार का फल है।

आज तक लोगों की धारणा है कि कर्मेंद्रियों द्वारा जो कार्य किए जाते हैं, वे ही कर्म हैं। जैसे हाथ, पाँव, आँख, जुबान, नाक और त्वचा द्वारा किए गए काम कर्म हैं। सिर्फ कर्मेंद्रियों द्वारा किए गए कर्म ही कर्म नहीं हैं बल्कि आप जो भावना और विचार करते हैं, वे भी कर्म हैं।

'आप जैसे सोचते हैं, वैसे सबूत आपको मिलते हैं।' विचारों द्वारा आप जो कर्म करते हैं, उसका फल आपको मिलता है।

– *'कर्मात्मा और कर्म का सिद्धांत'* पुस्तक से...

खण्ड ३

महाकर्म
और
आत्मसाक्षात्कार रूपी महाफल

अध्याय १५

महाकर्म की महागाथा

महाफल की ओर यात्रा कैसे करें

महाकर्म और महागाथा– इन शब्दों से ही समझ में आता है कि आप कुछ असाधारण और अनोखा पढ़नेवाले हैं।

साधारण कर्मों के बारे में तो सभी जानते हैं। मगर एक ऐसा कर्म है जो हमें सभी कर्म बंधानों से मुक्त करने की शक्ति रखता है इसलिए इसे महाकर्म कहा गया है। यह महाकर्म है 'ध्यान'।

जब साधक ध्यान करता है तो इस महाकर्म में कई बाधाओं को वह महसूस करता है और इसे अधूरा छोड़ देता है। इन बाधाओं को समझने के लिए और इन्हें दूर करने से लिए आपको सहायता लेनी होगी एक 'महागाथा' की। यह महागाथा है 'समुद्र मंथन' की। यह कहानी आपने पढ़ी या सुनी होगी। आइए, आज इसे एक नए ढंग से पढ़ते हैं और महाकर्म करने का प्रण लेते हैं।

समुद्र मंथन की इस महागाथा का प्रारंभ हुआ, एक श्राप के कारण। यह श्राप ऋषि दुर्वासा द्वारा इंद्र देव को, उनके अहंकार की वजह से दिया गया। उन्होंने इंद्र से कहा कि 'तुम्हारा स्वर्ग श्रीहीन हो जाएगा।'

जल्द ही इस श्राप का असर दिखने लगा। धीरे-धीरे स्वर्ग की चीज़ें गायब होने लगीं। सुख-सुविधाएँ समाप्त होने लगीं और वहाँ रुकना असंभव होने लगा। सभी देव मिलकर ब्रह्माजी के पास गए और स्वर्ग की हालत बयान करने लगे कि स्वर्ग अब नर्क से भी बद्तर हो गया है। देवता कमज़ोर होने लगे हैं। ब्रह्माजी ने उन्हें बताया कि इसका हल विष्णुजी कर सकते हैं।

सभी मिलकर भगवान विष्णु के पास गए और अपनी समस्या का बखान किया। भगवान विष्णु ने कहा कि 'इस समस्या के समाधान हेतु आपको उनका सामना करना होगा, जिन्हें आप पसंद नहीं करते।'

भगवान विष्णु का इशारा समुद्र मंथन और दैत्यों का सामना करने की ओर था। उन्होंने देवों से समुंदर मंथन करने के लिए कहा। इस मंथन में उनके सामने होंगे दैत्य। इन्हें अपने सामने रखते हुए उन्हें मंथन करना था।

जिस तरह दूध में मथनी डालकर, रस्सी से उस मथनी को हिलाया जाता है तो मक्खन निकलता है। उसी तरह समुंदर मंथन में 'मंद्राचल पर्वत' को सागर में डालकर, वासुकी सर्प को रस्सी बनाकर मथना था।

भगवान विष्णु की सलाह पर मंद्राचल पर्वत को लाया गया। मगर एक समस्या आ खड़ी हुई। पहाड़ तो समुंदर में डूब जाएगा। इसके लिए आवश्यकता थी कि कोई पहाड़ को नीचे से सहारा दे ताकि वह डूबे नहीं। इस समस्या के समाधान के लिए फिर से विष्णुजी की मदद माँगी गई।

समुद्र मंथन में अपना योगदान देने के लिए भगवान विष्णु ने 'कूर्म अवतार' लिया। इस अवतार में वे कछुए के रूप में प्रकट हुए और पहाड़ को उनकी पीठ पर रखा गया।

राक्षसों के मन में यह विचार डाला गया कि साँप की पूँछ मत पकड़ो, वह नीचे की ओर है। साँप को मुँह की तरफ से पकड़ो, जो श्रेष्ठ है। उनके अहंकार को बहुत अच्छा लगा। अब राक्षसों ने सर्प के मुँह की तरफ पकड़ा और देवों ने पूँछ की तरफ और मंथन शुरू हुआ।

कहानी में दिखाया गया यह मंथन, दरअसल ध्यान करनेवाले साधक की आंतरिक अवस्था दर्शाता है। समुद्र मंथन से जो चौदह रत्न बाहर आए, साधक के लिए वे महाकर्म के चौदह पड़ाव हैं। एक-एक पड़ाव को पार करके साधक महाकर्म की उच्चतम अवस्था को प्राप्त करता है।

कर्म नियम और कर्मअर्पण ❑ 82

पड़ाव १ - कालकूट विष : जब भी कोई ध्यान में लंबे समय के लिए बैठना शुरू करता है तो सबसे पहले उस पर नकारात्मक विचारों का हमला होता है। बुरी भावना बाहर आती है। यह ध्यान का एक दौर है, जिससे हर साधक को गुज़रना होता है। यहाँ ध्यान का महाकर्म बंद हो जाता है।

पड़ाव २ - कामधेनू गाय : मंथन से जब कामधेनू गाय निकली तो वह ऋषियों को यज्ञ, हवन में दूध और घी के लिए दी गई। यह प्रतीक है सकारात्मकता का। पहला रत्न ज़हरीला था इसलिए जब दूसरे रत्न के रूपी में कामधेनू गाय निकली तब सभी देव और दानवों में सकारात्मकता की लहर छा गई कि आगे भी कुछ अच्छा आनेवाला है। कुछ नया निकलनेवाला है।

जब आप ध्यान रूपी महाकर्म करते रहेंगे तो यह सकारात्मक अवस्था आपमें भी आएगी।

पड़ाव ३ - उच्च अश्व : अश्व यानी घोड़ा। यह मन का प्रतीक है। मन में विचारों की दौड़ चलती रहती है, चाहे वे सकारात्मक हों, न्यूट्रल हों या नकारात्मक। ध्यान में यह पड़ाव भी आता है, जहाँ विचारों के अनेक घोड़े दौड़ते हैं। यहाँ आपको हर विचार को कहना है, 'नेक्स्ट... नेक्स्ट... next, next, next...'। इस तरह विचार शांत होते हैं और ध्यान का अगला पड़ाव आता है।

पड़ाव ४ - ऐरावत हाथी : ऐरावत हाथी इंद्रदेव को दिया गया क्योंकि यह हाथी इंद्रियाँ और बुद्धि का प्रतीक है। आप ध्यान में बैठते हैं मगर आपकी इंद्रियाँ सक्रिय होती हैं... कहीं से आवाज़ आई... अच्छी सुगंध आई... बुद्धि में कुछ नए विचार आए... युक्तियाँ सूझी...। इनके खिंचाव के कारण आप ध्यान से बाहर आ जाते हैं। जबकि इन सब बातों के बावजूद आपको ध्यान रूपी महाकर्म में टिके रहना सीखना है।

पड़ाव ५ - कौस्तुभ मणि : कौस्तुभ मणि भक्ति का प्रतीक है। इसे भगवान विष्णु ने हृदय पर धारण किया। ध्यान के इस पड़ाव पर आपमें भक्ति की भावना उजागर होने लगती है।

पड़ाव ६ - कल्पवृक्ष : कल्पवृक्ष के नीचे बैठकर इंसान जो सोचता है, उसकी इच्छाएँ पूरी होने लगती हैं। ध्यान में साधक के सामने भी यह अवस्था आती है। ध्यान में साधक की कुछ इच्छाएँ जगने लगती हैं। अब वह भक्ति को

छोड़कर इस तरह की बातों में रुचि लेने लगता है। परंतु साधक को यहाँ रुकना नहीं है। ध्यान के इस महाकर्म को जारी रखकर अगले पड़ाव पर पहुँचना है।

पड़ाव ७ – रंभा : रंभा प्रतीक है इंसान में छिपी वासनाओं का। इस तरह के प्रतीक ध्यान की अवस्थाओं में जगे विकारों का बयान करने के लिए बनाए जाते हैं। साधक को इस अवस्था को भी पार करते हुए, वासना, लालच में न जाते हुए आगे बढ़ना है।

पड़ाव ८ – लक्ष्मी : लक्ष्मी, नारायण (ईश्वर) की याद दिला सकती है और माया में उलझा भी सकती है। ईश्वर सच्चाई है। लक्ष्मी का आना यानी जीवन में सच्चाई का आना। सुप्त इच्छाएँ जो महाकर्म के मार्ग से दूर लेकर जाती हैं, उन्हें जाने दो और सच्चाई को अपने अंदर आने दो।

जब भी आपकी इच्छाओं में बाधा आती है तो आप दूसरों में इल्जाम लगाते हैं... क्रोध करते हैं... दुःखी होते हैं...। इसका अर्थ आप सच्चाई से दूर होने लगते हैं। मन कुछ झूठ सोच लेता है और इंसान उसे सच मानकर दुःखी हो जाता है। सच्चाई से दूर चला जाता है।

जब भी मन कुछ कहे तो रुकें और स्वयं से पूछें, 'सच्चाई क्या है? मैं दुःखी हो रहा हूँ परंतु असल में मैं कौन हूँ? मैं जो हूँ क्या वह दुःखी हो सकता है?' इस तरह आप सच्चाई को अंदर आने का मौका दें। सच्चाई के आते ही आप बाहरी कारणों से विचलित होना बंद हो जाएँगे।

सच्चाई (लक्ष्मी) से कहें, 'जब भी तुम आओगी, मेरा घर, मेरा दर तुम्हें खुला मिलेगा।'

महाकर्म करनेवाले साधक को यहीं पर रुकना नहीं है, आगे बढ़ते रहना है।

पड़ाव ९ – वारूणी देवी : वारूणी देवी मदिरा का प्रतीक है। मदिरा के साथ शुरू होती है 'सुस्ती'। जब साधक ध्यान में बैठता है तब उस पर सुस्ती का हमला होता है। कई बार ध्यान में वह नींद की अवस्था में चला जाता है या ध्यान में बैठना टालता है। साधक को इस अवस्था को पार करना है।

पड़ाव १० – चाँद : जब मंथन से चाँद बाहर आया तो उसे शिवजी ने ग्रहण किया। चाँद ठंढक का प्रतीक है। यह बेहोशी को तोड़ता है। ध्यान में साधक की कई बेहोशियाँ टूटती हैं।

पड़ाव ११ - पारिजात वृक्ष : यह ऐसा पेड़ है जिसे धारण करने से थकावट समाप्त होती है। इसका अर्थ है कि ध्यान में यह पड़ाव आते ही साधक किसी भी बाहरी कारण से अब रुकेगा नहीं। वह अपना महाकर्म जारी रखेगा।

पड़ाव १२ - पंच जन्य शंख : पंच जन्य शंख को श्रीकृष्ण ने महाभारत के आरंभ में बजाया था। यह शंख अनहद नाद का प्रतीक है। अनहद नाद यानी अपने होने का अनुभव जो एक नाद के रूप में उभरता है। वह नाद बारहवें पड़ाव पर शुरू होता है।

पड़ाव १३ - श्री धनवंतरी : श्री धनवंतरी- संपूर्ण स्वास्थ्य का प्रतीक हैं। जिसमें शारीरिक, मानसिक, आर्थिक, सामाजिक और आध्यात्मिक स्वास्थ्य सम्मिलित हैं।

पड़ाव १४ - अमृतकलश : अमृतकलश प्रतीक है अमरता का। शरीर कभी अमर नहीं हो सकता। सेल्फ अमर है। उस सेल्फ को जानना, उसका अनुभव करना यानी अमृतकलश प्राप्त करना है। ध्यान में जब साधक को स्वअनुभव (स्वबोध) मिलता है तब वह अमरता (कैवल्य अवस्था) को समझ जाता है।

ध्यान रूपी महाकर्म करते हुए, लगभग हर साधक इन अवस्थाओं से गुज़रता है। जो साधक हर पड़ाव को पार करके, अपना महाकर्म जारी रखता है, वही इस अंतिम पड़ाव तक पहुँच पाता है।

अकर्म गाथा

अकर्म वे कर्म हैं जो आपको कर्मबंधन से मुक्त करते हैं। अकर्म तब होता है जब कर्म होते हुए भी उसमें 'मैं कर्ता नहीं हूँ', यह भाव होता है। इसका अर्थ इंसान से कर्म होते हुए भी अगर वह सत्य की समझ होने की वजह से उस कर्म का श्रेय नहीं लेता और कर्ता नहीं बनता तो वह अकर्म है।

अकर्म का अर्थ कोई भी कर्म न करना, निष्क्रिय होना नहीं है। अगर हमें यह शरीर मिला है तो उससे कर्म होने ही वाले हैं। कर्म के बिना इंसान की कोई कीमत नहीं है, वह मृत है। इंसान के जीवन में कोई न कोई कर्म तो चल ही रहा है। जो कर्म अहं भाव रहित होते हैं अर्थात जिनमें कर्ता भाव नहीं होता है, जो कर्म विकार रहित होते हैं, जैसे घृणा रहित, नफरत रहित, क्रोध रहित इत्यादि। जो कर्म ईश्वर को समर्पित होते हैं, जो कर्म ईश्वर की भक्ति और प्रेम में लीन होकर होते हैं, ऐसे कर्म, अकर्म के क्षेत्र में आते हैं।

अकर्म होने से कर्म का बंधन नहीं बंधता। यही अकर्म की पहचान है।

– *'गीता ज्ञान' पुस्तक से...*

अध्याय १६

महाफल के लिए कर्मर्पण
कर्मर्पण के तीन तरीके

पिछले अध्याय में आपने महाकर्म को विस्तार से समझा। अब इस महाकर्म में जोड़ें 'कर्मर्पण'। कर्मर्पण का अर्थ है, कर-मर-अर्पण। इसमें 'कर' का अर्थ हर किसी को समझ में आता है कि कर्म करना है। इसमें 'मर' शब्द का अर्थ है फल के प्रति मर जाना। इसके लिए आपको अपना ध्यान पूरी तरह से कर्म पर केंद्रित करना होगा। यह सोचना होगा कि 'फल मेरे लिए है ही नहीं। उसमें मुझे रुचि ही नहीं है। ऐसा करने से आपका कर्म महाकर्म बनता है वरना आपके कर्म की गुणवत्ता (performance) कम होने लगती है। इसमें 'अर्पण' का अर्थ है, आप रोज़मर्रा के जीवन में जो भी कार्य करते हैं, उन्हें ईश्वर को अर्पण करना। यह कर्मर्पण आपको जागृति में करना है।

इसमें आपको तीन तरीकों से कर्मर्पण करना है। आइए, उन तरीकों को विस्तार से समझते हैं।

पहला तरीका

इस कर्मर्पण में, सुबह नींद से उठने के बाद बीस मिनट तक आपको अपने रोज़मर्रा कार्यों को ईश्वर को समर्पित करना है। इस बीस मिनट में होनेवाली हर छोटी से छोटी क्रिया आपको ईश्वर को समर्पित करनी है। जैसे आप बिस्तर से उठते हैं तो मन ही मन कहें, 'इस कर्म का कर्ता ईश्वर है।' ब्रश कर रहे हैं तो कहें, 'ब्रश करने का कर्ता ईश्वर है।' इस तरह रोज़ सुबह आपको अपने कर्म ईश्वर को अर्पण करने हैं।

दूसरा तरीका

दूसरे तरीके का कर्मर्पण आपको तब करना है जब आप अपना कार्य शुरू करते हैं। चाहे वह ऑफिस का काम हो, पढ़ाई हो या किचन का काम हो। कार्य शुरू करने से पहले यह तय करें कि 'अब बीस मिनट कर्मर्पण करना है।' फिर मन ही मन कहें कि 'ईश्वर अब बीस मिनट जागृत कर्म में उतरेगा।' आपने एक बार कह दिया तो अगले बीस मिनट आप उस कार्य में पूरी तरह डूब जाएँगे। फिर यदि वह कर्म बीस मिनट की बजाय चालीस मिनट तक जारी रहता है तो ये दो कर्मर्पण काउंट होंगे। परंतु यदि वह कर्म तीस मिनट तक ही जारी रहा तो यह एक ही कर्मर्पण काउंट होगा।

याद रहे कि इस दौरान आप बीच में मोबाईल पर कोई वीडियो देखते हैं या किसी से बातचीत करते हैं या मैसेज का जवाब लिखते हैं तो वह कर्मर्पण गिना नहीं जाएगा।

तीसरा तरीका

इस तरह के कर्मर्पण में आपको अपने अनुभव को टच करके कार्य में उतरना है। यानी अपने हृदयस्थान पर जाकर फिर कार्य शुरू करना है।

जैसे स्विमिंग कॉम्पिटीशन में आप देखते हैं कि स्विमर एक किनारे से दूसरे किनारे तक जाता है और वहाँ टच करके वापस आता है। जो दूसरे किनारे को टच किए बिना लौट आता है, वह उस कॉम्पिटीशन से बाहर हो जाता है या वह फेरी गिनी नहीं जाती।

ठीक इसी तरह इस कर्मर्पण में जब आप सेल्फ को, स्वअनुभव को टच करके किसी कार्य में उतरकर उसे पूर्ण करेंगे तब वह कर्मर्पण है। बिना सेल्फ को टच किए, जब आप किसी कर्म को पूरा करेंगे तो वह काउंट नहीं होगा।

'आप जो हो उसे टच करके कर्म में उतरो, टच युवर सेल्फ' तो वह कर्मर्पण बनेगा।

इस तरह आपको दिनभर में बीस मिनट के कम से कम तीन कर्मर्पण करने हैं और ज़्यादा से ज़्यादा आप बारह कर्मर्पण कर सकते हैं।

जब आप उपरोक्त तीन तरीकों से कर्मर्पण करेंगे तो इससे आपके अंदर क्रियाएँ ईश्वर को समर्पित करने तथा जागृति के साथ गहराई में जाकर हर कर्म करने की अच्छी आदतों का निर्माण होगा। इससे आपके कर्मों की गुणवत्ता भी बढ़ेगी और ये कर्म ही अपने आपमें महाफल बनेंगे।

फल समर्पित करने का कर्म

जो भी क्रियाएँ आपके द्वारा हो रही हैं वे ज्यादा महत्वपूर्ण हैं या उस क्रिया के बाद जो विचार चलते हैं वे ज्यादा महत्वपूर्ण हैं? यदि समझ होगी तो इंसान कहेगा कि 'क्रिया महत्वपूर्ण है लेकिन उतनी नहीं, जितनी महत्वपूर्ण है उस क्रिया को देखनेवाली दृष्टि। क्रियाएँ, घटनाएँ तो होंगी ही, उस पर कुछ किया नहीं जा सकता मगर क्रिया के बाद इंसान के अंदर जो कॉमेंट्री चलती है वह महत्वपूर्ण है।' कॉमेंट्री यानी विचारों की कलाबाजियाँ, मन की बड़बड़ – 'यह अच्छा हुआ, यह बुरा हुआ, ऐसा नहीं होना चाहिए था, यह सही हुआ, यह गलत हुआ' इत्यादि। यदि क्रिया के बाद इंसान के मन में यह विचार आता है कि 'यह ईश्वर ने किया' तो वह सही विचार है वरना कोई कहे कि 'यह मैंने किया, मुझे करना था' तो उसके द्वारा हुई मन की कलाबाजियाँ अष्टमाया ही तैयार करती हैं। कर्म का बंधन (अष्टमाया) तैयार न हो इसलिए हर क्रिया, हर घटना का जो फल आता है, वह फल ईश्वर को समर्पित करें।

इंसान को 'फल समर्पित करने का कर्म' करने के लिए कहा गया है। उसके द्वारा क्रियाएँ तो होती रहेंगी मगर जो फल ईश्वर को समर्पित होंगे उनका बंधन नहीं बनेगा और उनका योग्य परिणाम (सफल फल, महाफल) आएगा।

– *'कर्मात्मा और कर्म का सिद्धांत' पुस्तक से...*

अध्याय १७

कर्म को अभिनय बनाएँ
अपने मूल स्वभाव को उभरने का मौका दें

एक जंगल में एक बहुत बड़े विशाल पेड़ पर कुछ हंस रहते थे। वह पेड़ काफी ऊँचा था। उस पेड़ से लिपटकर एक बेल ऊपर की तरफ चढ़ रही थी। उनमें जो सबसे बूढ़ा हंस था, वह उस बेल को देखकर चिंतित होता था। वह अकसर बाकी हंसों से कहता था, 'यह बेल ऊपर चढ़ रही है, इसे समय रहते ही उखाड़ दो।'

उसकी बात सुनकर सभी हंस हँसते थे। वे खेलने, घूमने, मौज करने में मशगूल रहते थे। घूम-फिरकर वे रोज़ शाम को लौटते थे और कहते थे, 'हाँ-हाँ, कल इस बेल को उखाड़ते हैं।' इस तरह वे बूढ़े हंस की बात को टाल देते थे।

बूढ़े हंस को उस बेल की वजह से होनेवाले खतरे का एहसास पहले से ही था। वह जानता था कि इस बेल के सहारे कोई शिकारी ऊपर चढ़कर आ सकता है। क्योंकि अकसर वहाँ शिकारी आते रहते थे। परंतु बार-बार खतरे से आगाह करने के बावजूद कोई उसकी

बात को गंभीरता से ले नहीं रहा था। इस तरह करते-करते एक दिन वह बेल पेड़ के सिरे तक पहुँच गई। और फिर वही हुआ, जिसका बूढ़े हंस को डर था। उस बेल के सहारे से एक शिकारी उस ऊँचे पेड़ पर चढ़ा और वहाँ जाल बिछाकर चला गया।

जैसे ही सारे हंस शाम को पेड़ पर लौटे, सब के सब शिकारी के जाल में फँस गए। उस दिन वह बूढ़ा हंस कहीं बाहर गया हुआ था इसलिए वह दूसरों को फँसने से बचा नहीं पाया। जैसे ही वह लौटा तो उसने देखा कि सब हंस जाल में फँसे हुए हैं। बूढ़े हंस को देखते ही सब उससे इल्तिजा करने लगे कि 'हमें इस जाल से छुड़ाओ। हमारी रक्षा करो।'

इस पर बूढ़े हंस ने सबको डाँट लगाते हुए कहा, 'मैं कब से कह रहा था कि यह बेल उखाड़ दो लेकिन किसी ने मेरी एक नहीं मानी। तुम सब आज्ञा में नहीं रहते हो, तुम्हारे साथ यही होना चाहिए। अब भुगतो! बने रहो जीवनभर उस शिकारी के कैदी।'

बूढ़े हंस को इतना क्रोधित देखकर सबको बड़ा आश्चर्य हुआ। वे सभी अपनी गलती के लिए क्षमा माँगते हुए उन्हें बचाने की प्रार्थना करते रहे।

तब बूढ़े हंस ने कहा, 'अभी जैसा मैं बताता हूँ, वैसा ही करो। अगर उसमें ज़रा सी भी गलती की तो मैं दोबारा तुम लोगों को कोई सलाह नहीं दूँगा।'

सभी बूढ़े हंस की बात मानने को राज़ी हो गए। उसने सबको एक तरकीब बताई। उसने कहा, 'कल जब शिकारी आएगा तब आप सब लोग ऐसा अभिनय करो, जैसे मर चुके हो। वह शिकारी तुम लोगों को मरा हुआ समझकर एक-एक को जाल से निकालकर फेंक देगा। तुरंत कोई भी मत उड़ना, जहाँ गिरे हो वहीं पड़े रहना, जैसे कि समाधि में हो। तुम सब मिलकर सौ हंस हो। तुम तब तक

वहीं पड़े रहना, जब तक कि तुम्हारा आखिरी साथी उस जाल से आज़ाद न हो जाए। ज़रा भी भूल हुई तो शिकारी को पता चलेगा कि यह नाटक चल रहा है। फिर वह बाकी हंसों को नहीं फेंकेगा इसलिए ध्यान रहे। जब हर हंस को फेंका जाएगा तब जमीन पर कुछ गिरने की आवाज़ आएगी, उसे अंदर ही अंदर सब गिनते रहना। जब सौवें हंस को वह शिकारी फेंक देगा तब सब एक साथ उड़ जाना।'

सभी हंसों ने बिलकुल वैसा ही किया। सब अंदर ही अंदर गिनते रहे और जैसे ही आखिरी हंस आज़ाद हुआ, सब एक साथ उड़ गए। शिकारी आश्चर्य के साथ उन हंसों को देखता ही रहा और फिर निराश होकर वहाँ से चला गया।

बाद में सभी हंसों ने मिलकर वह बेल उखाड़ दी और दोबारा हँसी-खुशी पेड़ पर रहने लगे। अब वे बूढ़े हंस की हर आज्ञा का पालन करने लगे। उन्होंने उस हंस से सवाल पूछा, 'आपने उस दिन इतना क्रोध क्यों किया? हालाँकि हमने इससे पहले आपको कभी इतना क्रोधित होते हुए नहीं देखा था।' इस पर हंस ने जवाब दिया, 'मैं क्रोध नहीं बल्कि क्रोध का अभिनय कर रहा था। क्योंकि अगर मैं क्रोधित होने का दिखावा नहीं करता तो मेरी आज्ञा का सही-सही पालन आप लोगों द्वारा नहीं किया जाता। यदि डर के मारे सभी हंसों के छूटने से पहले ही कोई एक भी उड़ जाता तो बचे हुए हंस आज़ाद नहीं हो पाते। इसलिए इतनी डाँट पिलाई ताकि आपमें से किसी से भी कोई गलती न हो। क्रोध करना तो मात्र अभिनय था।'

बूढ़े हंस का यह अभिनय कैसा कर्म था, उसके कर्म में पवित्र इरादा था। साथ ही प्रेम और प्रज्ञा भी थी। उस हंस के अंदर जो असीम आनंद, परम आनंद था, उस आनंद से ही उसने बाकी हंसों को मार्गदर्शन दिया।

आप भी उस हंस की तरह अपने कर्म को अभिनय बनाने की कला सीखें। अभिनय करें, ऑस्कर (अभिनय के लिए दिया जानेवाला पुरस्कार) पाने की चिंता न करें यानी फल की चिंता न करें। अभिनय पूरा डूबकर करें। इस अभिनय से

आपका मूल स्वभाव ऊपर आएगा।

इंसान पहले अभिनय से शुरू करता है मगर अभिनय करते-करते उसका असली स्वभाव बाहर आता है। भले ही आपको आनंद महसूस न हो रहा हो मगर आप बहुत आनंद में होने का... प्रेम से भरे होने का... खुश होने का अभिनय करें। इससे आपके मूल स्वभाव को ऊपर आने का मौका मिलेगा। आपका मूल स्वभाव है, आनंद और वह अभिनय करते-करते स्वतः ही ऊपर आएगा। इसे एक उदाहरण से समझें।

फिल्म में आप देखते हैं कि एक बहुत बड़ी हवेली या बड़ा सा महल है। उस महल का वारिस बचपन में ही कहीं खो जाता है। फिर फिल्म का खलनायक उस वारिस के शरीर पर जैसे निशान थे ठीक वैसे ही किसी लड़के के शरीर पर बने निशान को देखकर, उसे वारिस बनाकर महल में लेकर आता है। और महल में सबसे यही कहता है कि 'यही असली वारिस है क्योंकि इसके शरीर पर भी ठीक वैसा ही निशान है जैसा असली वारिस के शरीर पर था।' फिर खलनायक उसे महल में रहने के लिए कहता है और यह भी बताता है कि 'इस महल में रहकर तुम इस तरह अभिनय करो कि तुम ही इसके असली वारिस हो। फिर जब सारी जायदाद तुम्हारे नाम हो जाएगी तो वह हमें दे दो। बदले में हम उसमें से कुछ हिस्सा तुम्हें भी देंगे।'

उसके कहने के मुताबिक वह हीरो अभिनय शुरू करता है और अंत में राज़ खुलता है कि महल का असली वारिस वही है, जो वारिस का अभिनय कर रहा है। बचपन में बिछड़ जाने की वजह से वह महल से दूर रह रहा था।

ठीक ऐसे ही, जब आप आनंदित होने का अभिनय करना शुरू करते हैं तब आगे चलकर आपको पता चलता है कि प्रेम, आनंद, मौन ही आपका असली स्वभाव है। इसी में जीने के लिए आप पृथ्वी पर आए हैं। यह कर्म को अभिनय बनाने का महाफल है।

कुछ देर पुस्तक बाजू में रखें। अब अपनी आँखें बंद करके मनन करें, देखें कि जीवन में आप कहाँ-कहाँ यह भूल जाते हैं कि आप कौन हैं?

कहाँ-कहाँ अपने किरदार को सच मानकर उसमें खो जाते हैं?

अब अभिनय करना है तो किस तरह अभिनय करेंगे?

आपका शरीर, मन रजोगुणी, तमोगुणी, सत्वगुणी; जैसा भी है, उसके अनुसार आपका अभिनय कैसा होगा?

कौन सा अभिनय आपके जीवन को सार्थक बनाएगा?

जो भी कर्म करें, ऐसा अभिनय करें कि अभिनय ही अपने आपमें फल बन जाए। इसके बाद किसी फल की आवश्यकता ही न पड़े।

आप कीचन में खाना बना रहे हैं तो यह अपने आपमें फल है। कोई वह खाना खाए या न खाए, तारीफ करे या न करे, खाना बचे या न बचे... खाना बनाना ही अपने आपमें आनंद बने, फल बने। उसके बाद कोई फल आता है तो वह बोनस है। आप सिर्फ धन्यवाद के भाव में, एहसानमंदी के भाव में ही रहें।

चाहे आप ऑफिस में काम कर रहे हों... कॉलेज जा रहे हों... पढ़ाई कर रहे हों... इनमें सीखना ही फल है। समस्या को रचनात्मक तरीके से सुलझाना फल है। नई-नई युक्तियों के बारे में सोचना फल है। उसका श्रेय आपको मिले न मिले, रचनात्मक सोच ही फल है। कविता बनना, भजन बनना ही फल है। उसकी तारीफ मिले या न मिले, खुशी रूपी फल तो आपने तुरंत पा लिया। ईश्वर आपके द्वारा अपनी अभिव्यक्ति कर रहा है, इसे ही फल मान लें।

लोग रोज़ एक ही तरह से जीते हैं। वैसे ही उठेंगे...वैसे ही खाना बनाएँगे... वैसे ही तैयार होंगे... वैसे ही ऑफिस में काम करेंगे... वैसे ही चाय का इंतज़ार करेंगे... वैसे ही लंच टाईम का इंतज़ार करेंगे...। उनके कर्मों में कोई भी तबदिली नहीं है। इससे क्या होगा? कर्म बदल ही नहीं रहा है तो जीवन भी नहीं बदलेगा। कर्म को अभिनय बनाएँगे तो आपके कर्म बदलेंगे।

अभिनय इस तरह करें कि आप आज़ाद हो चुके हैं, हर खतरे से बाहर (रिस्क फ्री) हैं। सुबह उठते ही अभिनय की शुरुआत करें। अभिनय का कर्म आपको करते ही रहना है। अभिनय करते-करते अंत में आपका असली स्वरूप ही बचेगा।

हर चीज़ के लिए 'मेरा-मेरा' कहकर, आसक्ति रखकर हम दुःख को ही आमंत्रित करते हैं। सुबह बिस्तर से उठ रहे हैं तो एक राजा की तरह उठें। यह इंतज़ार न करें कि फ्रेश महसूस होगा तभी चुस्ती से उठेंगे। चुस्ती का अभिनय करें और उठें, भावना खुद-ब-खुद आ जाएगी।

अभिनय करें कि आप जैसा खुश इंसान और कोई नहीं है। आत्मविश्वास से भरा हुआ एक इंसान जैसे चलता है, वैसे पूरे आत्मविश्वास के साथ चलें। लोग नकारात्मक बातें करें तो भी आप सकारात्मक बातें कहें। सामनेवाला क्या कह रहा है उसमें न अटकें। पहले अपने लिए अभिनय करें, फिर दूसरों के लिए भी अभिनय कर पाएँगे।

यह हुआ तो आपकी असफलता भी सफल है। दुःख भी आनंद ही है। आपको आपके कार्य का श्रेय मिले न मिले, कर्म ही फल कैसे बने यह देखें और उसका आनंद लें। कर्म अभिनय बने ताकि कर्म बंधन से मुक्ति मिले।

अभिनय करते जाएँगे तो असली स्वभाव अपने आप ऊपर आएगा। भूतकाल को दोहराकर खुद को सज़ा न दें, खुलकर अभिनय करके मुक्ति की ओर कदम बढ़ाएँ।

यह पुस्तक पढ़ने के बाद आप अपना अभिप्राय (विचार सेवा) इस पते पर भेज सकते हैं... Tejgyan Global Foundation, Pimpri Colony Post office, P.O. Box 25, Pune - 411 017. Maharashtra (India).

योगदान हो, इनाम पर ध्यान क्यों न हो

'कर्म करो और फल की इच्छा मत करो।' ऐसा इसलिए कहा गया है क्योंकि इंसान से एक बहुत बड़ी गलती हो जाती है। वह चैनल (साधन) को स्रोत समझ लेता है। जैसे किसी ने इंसान को नौकरी दिलाई तो वह उसी को स्रोत मान लेता है कि इसी के द्वारा मुझे नौकरी मिली। अगर उसकी नौकरी चली गई तो फिर वह उसी के पास जाकर नौकरी की माँग करेगा। इस तरह वह नौकरी दिलानेवाले को ही अपना दाता समझ लेता है।

किसी को पैसे की ज़रूरत है, किसी ने उसे पैसे दिए, फिर वह ज़रूरत पड़ने पर बार-बार उसी के पास जाता है, जैसे कि वही सोर्स है। परंतु वह तो सिर्फ चैनल मात्र है। आप यह समझें कि साधन के द्वारा उसे सब कुछ मिला है मगर वह आया है सोर्स से, केंद्र से, ईश्वर से। इंसान तो निमित्त बनता है। देता वही ईश्वर है, व्यवहार उसी से चल रहा है और किसी से नहीं। हमारा जो भी लेना-देना है, वह एक ही से है मगर यह गलती हो जाती है कि साधन को ही हम स्रोत समझ लेते हैं।

हमें मजबूरी में कहा जाता है कि **'कर्म करो फल की इच्छा, इनाम पर ध्यान मत करो'** क्योंकि लोग साधन (निमित्त) से इच्छा करते हैं। मगर जब आप उस स्रोत से, ईश्वर से इच्छा रखेंगे तो कहा जाएगा, 'कर्म करो और महाफल की इच्छा स्रोत से करो, साधन से नहीं' या कहेंगे, 'कर्म करो फल की इच्छा नल से मत करो, ऊपर लगी पानी की टंकी से करो।' यह रहस्य आपको समझ में आएगा तो आप महाफल की शुभइच्छा रखने लगेंगे। महाफल क्या है अब आप जानते हैं।

परिशिष्ट

सरश्री अल्प परिचय

स्वीकार मुद्रा

सरश्री की आध्यात्मिक खोज का सफर उनके बचपन से प्रारंभ हो गया था। इस खोज के दौरान उन्होंने अनेक प्रकार की पुस्तकों का अध्ययन किया। अपने आध्यात्मिक अनुसंधान के दौरान उन्होंने लगभग सभी ध्यान पद्धतियों का भी अभ्यास किया। उनकी इसी खोज ने उन्हें कई वैचारिक और शैक्षणिक संस्थानों की ओर बढ़ाया। जीवन का रहस्य समझने के लिए उन्होंने **एक लंबी अवधि तक मनन करते हुए अपनी खोज जारी रखी, जिसके अंत में उन्हें आत्मबोध प्राप्त हुआ।** आत्मसाक्षात्कार के बाद उन्होंने जाना कि **अध्यात्म का हर मार्ग जिस कड़ी से जुड़ा है वह है- समझ (अंडरस्टैण्डिंग)।** उसके बाद उन्होंने अपने तत्कालीन अध्यापन कार्य को विराम लगाते हुए, लगभग दो दशकों से भी अधिक समय अपना समस्त जीवन मानवजाति के कल्याण और उसके आध्यात्मिक विकास हेतु अर्पण किया है।

सरश्री कहते हैं, 'सत्य के सभी मार्गों की शुरुआत अलग-अलग प्रकार से होती है लेकिन सभी के अंत में एक ही समझ प्राप्त होती है। **'समझ' ही सब कुछ है और यह 'समझ' अपने आपमें पूर्ण है।** आध्यात्मिक ज्ञान प्राप्ति के लिए इस 'समझ' का श्रवण ही पर्याप्त है।' इसी समझ को उजागर करने के लिए उन्होंने आज तक **तीन हज़ार से अधिक आध्यात्मिक विषयों पर प्रवचन दिए हैं,** जिनके द्वारा वे

अध्यात्म की गहरी संकल्पनाएँ सीधे और व्यावहारिक रूप में समझाते हैं। समाज के हर स्तर का इंसान सरश्री द्वारा बताई जा रही समझ का लाभ ले सकता है।

यह समझ हरेक को अपने अनुभव से प्राप्त हो इसलिए सरश्री ने '**महाआसमानी परम ज्ञान शिविर**' और उसके लिए आवश्यक कार्यप्रणाली (सिस्टम) की रचना की है, **जिसका लाभ लाखों खोजी ले रहे हैं।** यह व्यवस्था आय.एस.ओ. (ISO 9001:2015) प्रमाणित है, जिसने अनेक लोगों को सत्य की राह पर चलने की प्रेरणा दी है। इसी समझ के प्रचार और प्रसार के लिए उन्होंने 'तेजज्ञान फाउण्डेशन' नामक आध्यात्मिक संस्था की नींव रखी है। इस संस्था का मुख्य उद्देश्य है- **'हॅपी थॉट्स द्वारा उच्चतम विकसित समाज का निर्माण'**।

विश्व का हर इंसान आज सरश्री के मार्गदर्शन का लाभ ले सकता है, जिसके लिए किसी भी धर्म, जाति, उपजाति, वर्ण, पंथ, रंग या लिंग का बंधन नहीं है। विश्व के हर कोने में बसे लोग आज तेजज्ञान की इस अनूठी ज्ञान प्रणाली (System for Wisdom) का लाभ ले रहे हैं। इस व्यवस्था के एक हिस्से के रूप में **लाखों लोग रोज़ सुबह और रात को ९ बजकर ९ मिनट पर विश्व शांति के लिए प्रार्थना करते हैं।**

सरश्री को **बेस्टसेलर पुस्तक 'विचार नियम' श्रृंखला के रचनाकार** के रूप में भी जाना जाता है, जिसकी **१ करोड़ से ज़्यादा प्रतियाँ केवल ५ सालों** में वितरित हो चुकी हैं। इसके अलावा उन्होंने विविध विषयों पर **१५० से अधिक पुस्तकों का लेखन** किया है, जिनमें से 'विचार नियम', 'स्वसंवाद का जादू', 'स्वयं का सामना', 'स्वीकार का जादू', 'निर्णय और ज़िम्मेदारी', 'निःशब्द संवाद का जादू', 'संपूर्ण ध्यान' आदि पुस्तकें बेस्टसेलर बन चुकी हैं। ये पुस्तकें दस से अधिक भाषाओं में अनुवादित की जा चुकी हैं और प्रमुख प्रकाशकों द्वारा प्रकाशित की गई हैं, जैसे पेंगुइन बुक्स, जैको बुक्स, मंजुल पब्लिशिंग हाऊस, प्रभात प्रकाशन, राजपाल ऍण्ड सन्स, पेंटागॉन प्रेस, सकाळ प्रकाशन इत्यादि।

तेजज्ञान फाउण्डेशन – परिचय

तेजज्ञान फाउण्डेशन आत्मविकास से आत्मसाक्षात्कार प्राप्त करने का एक रास्ता है। इसके लिए सरश्री द्वारा एक अनूठी बोध पद्धति (System for Wisdom) का सृजन हुआ है। इस पद्धति को अन्तर्राष्ट्रीय मानक ISO 9001:2015 के आवश्यकताओं एवं निर्देशों के अनुरूप ढालकर सरल, व्यावहारिक एवं प्रभावी बनाया गया है।

इस संस्था की बोध पद्धति के विभिन्न पहलुओं (शिक्षण, निरीक्षण व गुणवत्ता) को स्वतंत्र गुणवत्ता परीक्षकों (Quality Auditors) द्वारा क्रमबद्ध तरीके से जाँचा गया। जिसके बाद इन पहलुओं को ISO 9001:2015 के अनुरूप पाकर, इस बोध पद्धति को प्रमाणित किया गया है।

फाउण्डेशन का लक्ष्य आपको नकारात्मक विचार से सकारात्मक विचार की ओर बढ़ाना है। सकारात्मक विचार से शुभ विचार यानी हॅपी थॉट्स (विधायक आनंदपूर्ण विचार) और शुभ विचार से निर्विचार की ओर बढ़ा जा सकता है। निर्विचार से ही आत्मसाक्षात्कार संभव है। शुभ विचार (Happy Thoughts) यानी यह विचार कि 'मैं हर विचार से मुक्त हो जाऊँ।' शुभ इच्छा यानी यह इच्छा कि 'मैं हर इच्छा से मुक्त हो जाऊँ।'

ज्ञान का अर्थ है सामान्य ज्ञान लेकिन तेजज्ञान यानी वह ज्ञान जो ज्ञान व अज्ञान के परे है। कई लोग सामान्य ज्ञान की जानकारी को ही ज्ञान समझ लेते हैं लेकिन असली ज्ञान और जानकारी में बहुत अंतर है। आज लोग सामान्य ज्ञान के जवाबों को ज़्यादा महत्त्व देते हैं। उदाहरण के तौर पर कर्म और भाग्य, योग और प्राणायाम, स्वर्ग और नर्क इत्यादि। आज के युग में सामान्य ज्ञान प्रदान करनेवाले लोग और शिक्षक कई मिल जाएँगे मगर इस ज्ञान को पाकर जीवन में कोई बड़ा परिवर्तन नहीं होता। यह ज्ञान या तो केवल बुद्धि विलास है या फिर अध्यात्म के नाम पर बुद्धि का व्यायाम है।

सभी समस्याओं का समाधान है– तेजज्ञान। भय से मुक्ति, चिंतारहित व क्रोध से आज़ाद जीवन है– तेजज्ञान। शारीरिक, मानसिक, सामाजिक, आर्थिक और आध्यात्मिक उन्नति के लिए है– तेजज्ञान। तेजज्ञान आपके अंदर है, आएँ और इसे पाएँ।

यदि आप ऐसा ज्ञान चाहते हैं, जो सामान्य ज्ञान के परे हो, जो हर समस्या का समाधान हो, जो सभी मान्यताओं से आपको मुक्त करे, जो आपको ईश्वर का साक्षात्कार कराए, जो आपको सत्य पर स्थापित करे तो समय आ गया है तेजज्ञान को जानने का। समय आ गया है शब्दोंवाले सामान्य ज्ञान से उठकर तेजज्ञान का अनुभव करने का।

अब तक अध्यात्म के अनेक मार्ग बताए गए हैं। जैसे जप, तप, मंत्र, तंत्र, कर्म, भाग्य, ध्यान, ज्ञान, योग और भक्ति आदि। इन मार्गों के अंत में जो समझ, जो बोध प्राप्त होता है, वह एक ही है। सत्य के हर खोजी को अंत में एक ही समझ मिलती है और इस समझ को सुनकर भी प्राप्त किया जा सकता है। उसी समझ को सुनना यानी तेजज्ञान प्राप्त करना है। तेजज्ञान के श्रवण से सत्य का साक्षात्कार होता है, ईश्वर का अनुभव होता है। यही तेजज्ञान सरश्री महाआसमानी परम ज्ञान शिविर में प्रदान करते हैं।

महाआसमानी परम ज्ञान शिविर परिचय और लाभ (निवासी)

क्या आपको उच्चतम आनंद पाने की इच्छा है? ऐसा आनंद, जो किसी कारण पर निर्भर नहीं है, जिसमें समय के साथ केवल बढ़ोतरी ही होती है। क्या आप इसी जीवन में प्रेम, विश्वास, शांति, समृद्धि और परमसंतुष्टि पाना चाहते हैं? क्या आप शारीरिक, मानसिक, सामाजिक, आर्थिक और आध्यात्मिक इन सभी स्तरों पर सफलता हासिल करना चाहते हैं? क्या आप 'मैं कौन हूँ' इस सवाल का जवाब अनुभव से जानना चाहते हैं।

यदि आपके अंदर इन सवालों के जवाब जानने की और 'अंतिम सत्य' प्राप्त करने की प्यास जगी है तो तेजज्ञान फाउण्डेशन द्वारा आयोजित 'महाआसमानी परम ज्ञान शिविर' में आपका स्वागत है। यह शिविर पूर्णतः सरश्री की शिक्षाओं पर आधारित है। सरश्री आज के युग के आध्यात्मिक गुरु और 'तेजज्ञान फाउण्डेशन' के संस्थापक हैं, जो अत्यंत सरलता से आज की लोकभाषा में आध्यात्मिक समझ प्रदान करते हैं।

महाआसमानी परम ज्ञान शिविर का उद्‌देश्य : इस शिविर का उद्‌देश्य है, 'विश्व का हर इंसान 'मैं कौन हूँ' इस सवाल का जवाब जानकर सर्वोच्च आनंद में स्थापित हो जाए।' उसे ऐसा ज्ञान मिले, जिससे वह हर पल वर्तमान में जीने की कला प्राप्त करे। भूतकाल का बोझ और भविष्य की चिंता इन दोनों से वह मुक्त हो जाए। हर इंसान के जीवन में स्थायी खुशी, सही समझ और समस्याओं को विलीन करने की कला आ जाए। मनुष्य जीवन का उद्‌देश्य पूर्ण हो।

'मैं कौन हूँ? मैं यहाँ क्यों हूँ? मोक्ष का अर्थ क्या है? क्या इसी जन्म में मोक्ष प्राप्ति संभव है?' यदि ये सवाल आपके अंदर हैं तो महाआसमानी परम ज्ञान शिविर इसका जवाब है।

महाआसमानी परम ज्ञान शिविर के मुख्य लाभ : इस शिविर के लाभ तो अनगिनत हैं मगर कुछ मुख्य लाभ इस प्रकार हैं- * जीवन में दमदार लक्ष्य प्राप्त होता है। * 'मैं कौन हूँ' यह अनुभव से जानना (सेल्फ रियलाइजेशन) होता है। * मन के सभी विकार विलीन होते हैं। * भय, चिंता, क्रोध, बोरडम, मोह, तनाव जैसी कई नकारात्मक बातों से मुक्ति मिलती है। * प्रेम, आनंद, मौन, समृद्धि, संतुष्टि, विश्वास जैसे कई दिव्य गुणों से युक्ति होती है। * सीधा, सरल और शक्तिशाली जीवन प्राप्त होता है। * हर समस्या का समाधान प्राप्त करने की कला मिलती है। * 'हर पल वर्तमान में जीना' यह आपका स्वभाव बन जाता है। *आपके अंदर छिपी सभी संभावनाएँ खुल जाती हैं। * इसी जीवन में मोक्ष (मुक्ति) प्राप्त होता है।

महाआसमानी परम ज्ञान शिविर में भाग कैसे लें? इस शिविर में भाग लेने के लिए आपको कुछ खास माँगें पूरी करनी होती हैं। जैसे-

१) आपकी उम्र कम से कम अठारह साल या उससे ऊपर होनी चाहिए।

२) आपको सत्य स्थापना शिविर (फाउण्डेशन ट्रुथ रिट्रीट) में भाग लेना होगा, जहाँ आप सीखेंगे- वर्तमान के हर पल को कैसे जीया जाए और निर्विचार दशा में कैसे प्रवेश पाएँ।

३) आपको कुछ प्राथमिक प्रवचनों में उपस्थित होना है, जहाँ आप बुनियादी समझ आत्मसात कर, महाआसमानी परम ज्ञान शिविर के लिए तैयार होते हैं।

यह शिविर एक या दो महीने के अंतराल में आयोजित किया जाता है, जिसका लाभ हज़ारों खोजी उठाते हैं। इस शिविर की तैयारी आप दो तरीके से कर सकते हैं। पहला तरीका- मनन आश्रम (पूना) में पाँच दिवसीय निवासी शिविर में भाग लेकर, दूसरा तरीका- तेजज्ञान फाउण्डेशन के नजदीकी सेंटर पर सत्य श्रवण द्वारा। जैसे- पुणे, मुंबई, दिल्ली, सांगली, सातारा, जलगाँव, अहमदाबाद, कोल्हापुर, नासिक, अहमदनगर, औरंगाबाद, सूरत, बरोडा, नागपुर, भोपाल, रायपुर, चेन्नई, वर्धा, अमरावती, चंद्रपुर, यवतमाल, रत्नागिरी, लातूर, बीड, नांदेड, परभणी, पनवेल, ठाणे, सोलापुर, पंढरपुर, अकोला, बुलढाणा, धुले, भुसावल, बैंगलोर, बेलगाम, धारवाड, भुवनेश्वर, कोलकत्ता, राँची, लखनऊ, कानपुर, चंदीगढ़, जयपुर, पणजी, म्हापसा, इंदौर, इटारसी, हरदा, विदिशा, बुरहानपुर।

इनके अतिरिक्त आप महाआसमानी की तैयारी फाउण्डेशन में उपलब्ध सरश्री द्वारा रचित पुस्तकें या यू ट्यूब के संदेश सुनकर भी कर सकते हैं। मगर याद रहे ये पुस्तकें, यू ट्यूब के प्रवचन शिविर का परिचय मात्र है, तेजज्ञान नहीं। आप महाआसमानी परम ज्ञान शिविर में भाग लेकर ही तेजज्ञान का आनंद ले सकते हैं। आगामी महाआसमानी परम ज्ञान शिविर में अपना स्थान आरक्षित करने के लिए संपर्क करें : 09921008060/75, 9011013208

महाआसमानी परम ज्ञान शिविर स्थान : यह शिविर पुणे में स्थित मनन आश्रम पर आयोजित किया जाता है। इस शिविर के लिए भोजन और रहने की व्यवस्था की जाती है। यदि आपको कोई शारीरिक बीमारी है और आप नियमित रूप से दवाई ले रहे हैं तो कृपया अपनी दवाइयाँ साथ में लेकर आएँ। वातावरण अनुसार गरम कपड़े, स्वेटर, ब्लैंकेट आदि भी लाएँ।

'मनन आश्रम' पुणे शहर के बाहरी क्षेत्र में पहाड़ों और निसर्ग के असीम सौंदर्य के बीच बसा हुआ है। इस आश्रम में पुरुषों और महिलाओं के लिए अलग-अलग, कुल मिलाकर 700 से 800 लोगों के रहने की व्यवस्था है। यह आश्रम पुणे शहर से 17 किलो मीटर की दूरी पर है। हवाई अड्डा, हाइवे और रेल्वे से पुणे आसानी से आ-जा सकते हैं।

मनन आश्रम : मनन आश्रम, पुणे, सर्वे नं. ४३, सनस नगर, नांदोशी गाँव, किरकट वाडी फाटा, तहसील - हवेली, जिला : पुणे - ४११०२४.

फोन : 09921008060

तेजज्ञान ग्लोबल फाउण्डेशन की श्रेष्ठ पुस्तकें

कर्मात्मा और कर्म का सिद्धांत

कर्म करने की कला

यह पुस्तक 'कर्मात्मा और कर्म का सिद्धान्त' अध्यात्म की वह सफल रचना है, जो पाठकों को कर्म का मर्म सिखाकर कर्मात्मा से परमात्मा तक की यात्रा कराती है। इससे वे उच्चतम सफलता प्राप्त कर सुखी, निष्काम और द्वेषरहित जीवन जीने की कामना पूरी कर सकते हैं।

पुस्तक के ६ खण्डों द्वारा लेखक ने कर्म, कर्मात्मा, कर्मबंधन, फल की कामना, कर्मयोगी बनने के उपाय तथा कर्म और कर्मान्त जैसे गूढ़ विषयों पर प्रभावपूर्ण प्रकाश डाला है। जिसके द्वारा जीवन के सभी क्षेत्रों को विकसित कर सारी उपलब्धियाँ अर्जित की जा सकती है।

लेखक ने संपूर्ण सफलता पाने के लिए कर्म संकेतों पर अमल कर कर्म मार्ग पर तत्काल उन्मुख होने की प्रेरणा दी है। पुस्तक में प्रज्ञा (समझ) को सबसे बड़ा कर्म बताया गया है। मन में उठनेवाले भाव, विचार, वाणी और क्रिया ही कर्म हैं। पुस्तक द्वारा कर्मबंधन से मुक्ति पाने की २२ उपायों की विशेष चर्चा की गई है, जिससे इंसान जीवन की गुलामी से मुक्ति पाने का तरीका सीख सकता है।

पुस्तक का उद्‌देश्य लोगों को कर्म मार्ग पर बढ़ने के लिए प्रेरित करना है, जिससे वे वर्तमान जीवन को भाग्य के सहारे न छोड़कर कर्मशील बनें और उच्चतम सफलता के लक्ष्य प्राप्त कर सकें।

संपूर्ण भगवद् गीता
जीवन की अठारह युक्तियाँ

यदि अर्जुन की जगह दुर्योधन श्रीकृष्ण के सामने होते तो क्या श्रीकृष्ण उसे वही बताते जो उन्होंने अर्जुन को बताया था? नहीं! उनके लिए जो श्लोक निकलते वे अलग होते। इसलिए कहा जाता है कि हर एक की गीता अलग है।

यह गीता आज के अर्जुन की है। आज के अर्जुन हैं 'आप' यानी यह गीता आपकी है। इसकी रचना इसी तरह की गई है कि आज के लोगों को यह आसानी से समझ में आ सके।

नए साधक के लिए इसे समझना बहुत आसान हो जाता है क्योंकि इसमें गहरे से गहरे श्लोक को आसान भाषा में, आज के उदाहरणों के साथ और पूरी स्पष्टता के साथ बताया गया है।

यह गीता सिर्फ सत्य के साधकों के लिए ही नहीं बल्कि * हर नवयुवक * हर गृहणी * हर कर्मचारी * हर बिजनसमैन * हर इंसान के लिए ज़रूरी है।

सरश्री की वाणी से अवतरित यह ऐसा ग्रंथ है, जो गीता के सभी महत्वपूर्ण श्लोकों पर नई रोशनी डालता है।

प्रेम नियम
प्लास्टिक प्रेम से मुक्ति

सच्चा प्रेम हमारे पास भरपूर होने के बावजूद भी हम क्यों उसके लिए तरसते हैं? वह अलग-अलग रूप में हमारे सामने आता है मगर हम क्यों अपने तरीके से प्रेम न मिलने पर उसे पहचान नहीं पाते? अपने तरीके से प्रेम लेने की चाहत अकसर हमें प्रेम से वंचित रखती है। इस समस्या से मुक्ति पाने के लिए प्रेम नियम के ज्ञान से सीखें-

१. आपका प्रेम किस फ्रेम में अटका हुआ है?

२. प्लास्टिक (नकली) प्रेम से आज़ादी कैसे मिले?

३. प्रेम पतन के तीन बड़े कारण कौन से हैं?

४. दूसरों की परवाह कब, क्यों और कैसे करें?

५. क्या प्रेम में मोह, वासना और ईर्ष्या ज़रूरी है?

६. क्षमा की शक्ति का उपयोग कैसे करें?

७. ईश्वरीय प्रेम और प्रेम समाधि की पराकाष्ठा क्या है?

आपके जीवन में प्रेम नियम के आगमन से ही नकारात्मक भावनाओं का, जो रिश्ते टूटने का कारण हैं, विसर्जन होना शुरू होगा। इसलिए आइए, सच्चे प्रेमी बनकर सच्चे प्रेम की राह पर चलें... प्रेम, आनंद, मौन की बाँसुरी बजाकर, बाँसुरी की ही तरह खाली होकर बजें।

सत् चित्त आनंद
आपके ६० सवाल और २४ घंटे

अध्यात्म में आज लोगों ने अनेक सवालों के पुराने जवाब पकड़कर रखे हैं। जैसे-

- पिछले जन्मों के कर्म आज फल देंगे। इस जीवन के कर्म अगले जन्म में फल देंगे।
- आज के कर्म अभी कोई आनंद नहीं देंगे, अगले जन्म में ही उसका लाभ होगा।
- भाग्य में होगा तो ही हम खुश होंगे। (हकीकत में आनंद सभी का जन्मसिद्ध अधिकार है।)
- ईश्वर - विशेष चेहरा, आभूषण, मेकअप रखता है तथा कुछ बातों पर नाराज़ होता है और कुछ बातों पर खुश होता है।
- मोक्ष मरने के बाद मिलता है।

ऐसी पुरानी मान्यताएँ रखनेवाले लोग पुराने ज्ञान पर अमल नहीं करते और नया सुनने के लिए तैयार नहीं होते, बस बीच में ही अटके रहते हैं। अतः वे अधूरे ज्ञान के सहारे ही जीवन बिताते हैं। अब समय आया है कि हम सही जवाब प्राप्त करके सच्चे अध्यात्म (जीवन लक्ष्य) को समझें।

इस पुस्तक में आपको अध्यात्म के नए जवाब प्राप्त होंगे।

गलत जवाब दे-देकर इंसान की विचार शक्ति नष्ट कर दी गई है। वक्त आया है कि हम अपने जीवन के केवल २४ घंटे सत्य जानने के लिए खर्च करें। यही इस पुस्तक का उद्देश्य है।

विश्वास नियम
सर्वोच्च शक्ति के सात नियम

आपका मोबाइल तो अप टू डेट है परंतु क्या आपका विश्वास अप टू डेट है? क्या आपका आज का विश्वास आपको अंतिम सफलता की राह पर बढ़ा रहा है? यदि उपरोक्त सवालों के जवाब 'नहीं' हैं तो आपको विश्वास नियम की आवश्यकता है। विश्वास नियम आपके विश्वास को बढ़ाकर उसे अप टू डेट करता है।

'विश्वास' ईश्वर द्वारा दी हुई वह देन है– जो हमारे स्वास्थ्य, रिश्ते, मनशांति, आर्थिक समृद्धि एवं आध्यात्मिक उन्नति में चार चाँद लगाता है। आइए, इस शक्ति का चमत्कार अपने जीवन में देखें और 'सब संभव है' इस पंक्ति का प्रत्यक्ष अनुभव लें।

इस पुस्तक में दिए गए सात विश्वास नियम ऊर्जा का असीम भंडार हैं। ये आपके जीवन की नकारात्मकता हटाकर, आपको सकारात्मक ऊर्जा से लबालब भर देंगे। जीवन के हर स्तर पर आपकी मदद करेंगे। इसलिए यह पुस्तक इस विश्वास के साथ पढ़ें कि 'अब सब संभव है' और जानें...

- विश्वास की शक्ति से जो चाहें वह कैसे पाएँ
- विश्वास को वाणी में लाकर जीवन को कैसे बदलें
- विश्वासघात पर मात पाकर विश्व के लिए नया उदाहरण कैसे बनें
- अपने भीतर छिपे हर अविश्वास को विश्वास में रूपांतरित करके विकास की ओर कैसे बढ़ें
- हर समस्या का समाधान कैसे खोजें
- विश्वास द्वारा संपूर्ण सफलता कैसे पाएँ

आप कौन सी पुस्तकें पढ़ें

सभी के लिए

- संपूर्ण लक्ष्य • प्रार्थना बीज
- विचार नियम - पावर ऑफ हॅपी थॉट्स
- विकास नियम - आत्मविकास द्वारा संतुष्टि पाने का राज़
- इमोशन्स पर जीत
- सुनहरा नियम - रिश्तों में नई सुगंध
- दुःख में खुश क्यों और कैसे रहें
- अर्थ की तलाश में आनंद
- स्वीकार का जादू
- स्वसंवाद का जादू
- स्वयं का सामना
- खुशी का रहस्य
- वार्तालाप का जादू - कम्युनिकेशन के बेहतरीन तरीके
- समय नियोजन के नियम
- आत्मविश्वास सफलता का द्वार
- नींव नाइन्टी - नैतिक मूल्यों की संपत्ति
- बड़ों के लिए गर्भसंस्कार
- तनाव से मुक्ति
- धीरज का जादू
- रहस्य नियम-प्रेम, आनंद, ध्यान, समृद्धि और परमेश्वर प्राप्ति का मार्ग

वरिष्ठ नागरिकों के लिए

- ३ स्वास्थ्य वरदान
- स्वास्थ्य त्रिकोण • पृथ्वी लक्ष्य
- मृत्यु उपरांत जीवन
- जीवन की नई कहानी मृत्यु के बाद

सत्य के खोजियों के लिए

- ध्यान नियम - ध्यान योग नाइन्टी
- मौन नियम - स्वयं को जानने का निःशब्द उपाय
- ईश्वर ही है तुम कौन हो यह पता करो, पक्का करो
- ईश्वर से मुलाकात - तुम्हें जो लगे अच्छा, वही मेरी इच्छा
- मृत्यु का महासत्य - मृत्युंजय
- कर्मात्मा और कर्म का सिद्धांत
- प्रार्थना बीज
- निःशब्द संवाद का जादू
- पहेली रामायण
- आध्यात्मिक उपनिषद्
- शिष्य उपनिषद्
- वर्तमान का जादू
- The मन -कैसे बने मन-नमन, सुमन, अमन और अकंप
- संपूर्ण ध्यान - २२२ सवाल
- निराकार : कुल-मूल लक्ष्य
- सत् चित्त आनंद

व्यापारियों / कर्मचारियों के लिए

- विचार नियम - पॉवर ऑफ हॅपी थॉट्स
- हर तरह की नौकरी में खुश कैसे रहें
- ध्यान और धन • प्रार्थना बीज
- पैसा रास्ता है मंजिल नहीं
- तनाव से मुक्ति
- संपूर्ण सफलता का लक्ष्य

आप कौन सी पुस्तकें पढ़ें

विद्यार्थियों के लिए

- विचार नियम फॉर यूथ
- वार्तालाप का जादू - कम्युनिकेशन के बेहतरीन तरीके
- विकास नियम - आत्मविकास द्वारा संतुष्टि पाने का राज़
- नींव नाइन्टी - बेस्ट कैसे बनें
- संपूर्ण लक्ष्य - संपूर्ण विकास कैसे करें
- वचनबद्ध निर्णय और जिम्मेदारी
- आत्मविश्वास सफलता का द्वार
- संपूर्ण सफलता का लक्ष्य
- सन ऑफ बुद्धा फॉर यूथ
- रामायण फॉर टीन्स

महिलाओं के लिए

- आत्मनिर्भर कैसे बनें
- स्वसंवाद का जादू
- बड़ों के लिए गर्भसंस्कार
- स्वास्थ्य त्रिकोण
- इमोशन्स पर जीत

अभिभावकों (Parents) के लिए

- बच्चों का संपूर्ण विकास कैसे करें
- सुनहरा नियम - रिश्तों में नई सुगंध
- रिश्तों में नई रोशनी
- वार्तालाप का जादू - कम्युनिकेशन के बेहतरीन तरीके

स्वास्थ्य के लिए

- स्वास्थ्य त्रिकोण
- ३ स्वास्थ्य वरदान
- B.F.T. बॅच फ्लॉवर थेरेपी
- स्वास्थ्य के लिए विचार नियम

महापुरुषों की जीवनी

- भक्ति का हिमालय - The मीरा
- सद्गुरु नानक - साधना रहस्य और जीवन चरित्र
- भगवान बुद्ध
- भगवान महावीर - मन पर विजय प्राप्त करने का मार्ग
- दो महान अवतार - श्रीराम और श्रीकृष्ण
- रामायण - वनवास रहस्य
- बाहुबली हनुमान
- जीज़स - आत्मबलिदान का मसीहा
- स्वामी विवेकानंद
- रामकृष्ण परमहंस
- संत तुकाराम
- संत ज्ञानेश्वर
- झीनी झीनी रे बीनी पृथ्वी चदरिया - आओ मिलें संत कबीर से

– तेजज्ञान इंटरनेट रेडियो –

२४ घंटे और ३६५ दिन सरश्री के प्रवचन और

भजनों का लाभ लें,

तेजज्ञान इंटरनेट रेडियो द्वारा। देखें लिंक

http://www.tejgyan.org/internetradio.aspx

हर रविवार सुबह १०.०५ से १०.१५ तक रेडियो

विविध भारती, एफ. एम. पुणे पर 'हॅपी थॉट्स कार्यक्रम'

www.youtube.com/tejgyan

पर भी सरश्री के प्रवचनों का लाभ ले सकते हैं।

For online shoping visit us - www.tejgyan.org,

www.gethappythoughts.org

पुस्तकें प्राप्त करने के लिए नीचे दिए गए पते पर मनीऑर्डर द्वारा पुस्तक का मूल्य भेज सकते हैं। पुस्तकें रजिस्टर्ड, कुरियर अथवा वी.पी.पी. द्वारा भेजी जाती हैं।

पुस्तकों के लिए नीचे दिए गए पते पर संपर्क करें।

* WOW Publishings Pvt. Ltd. रजिस्टर्ड ऑफिस–E-4, वैभव नगर, तपोवन मंदिर के नज़दीक, पिंपरी, पुणे– 411017

* पोस्ट बॉक्स नं. 36, पिंपरी कॉलोनी पोस्ट ऑफिस, पिंपरी, पुणे – 411017

फोन नं.: 09011013210 / 9146285129

आप ऑन–लाइन शॉपिंग द्वारा भी पुस्तकों का ऑर्डर दे सकते हैं।

लॉग इन करें – www.gethappythoughts.org

500 रुपयों से अधिक पुस्तकें मँगवाने पर 10% की छूट और फ्री शिपिंग।

तेजज्ञान फाउण्डेशन – मुख्य शाखाएँ

पुणे (रजिस्टर्ड ऑफिस)
विक्रांत कॉम्प्लेक्स, तपोवन मंदिर के नज़दीक,
पिंपरी, पुणे-४११ ०१७. फोन : 020-27411240, 27412576

मनन आश्रम
सर्वे नं. ४३, सनस नगर, नांदोशी गाँव, किरकटवाडी फाटा,
तहसील- हवेली, जिला- पुणे - ४११ ०२४.
फोन : 09921008060

e-books
- The Source • Celebrating Relationships
- The Miracle Mind • Everything is a Game of Beliefs
- Who am I now • Beyond Life • The Power of Present
- Freedom from Fear Worry Anger • Light of grace
- The Source of Health and many more.

Also available in Hindi at gethappythoughts.org

e-magazines
'Yogya Aarogya' & 'Drushtilakshya'
emagazines available on www.magzter.com

e-mail
mail@tejgyan.com

website
www.tejgyan.org, www.gethappythoughts.org

www.ingramcontent.com/pod-product-compliance
Lightning Source LLC
LaVergne TN
LVHW041533070526
838199LV00046B/1644
* 9 7 8 8 1 9 4 4 6 7 5 5 7 *